三國風雲之

# 曹賊

第一部完

卷之拾

梟雄烽煙四起

庚新 著

超合金叉雞飯 繪

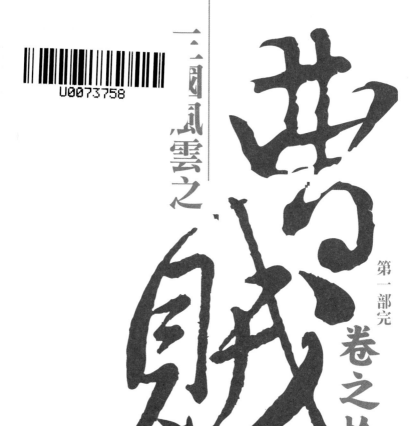

卷拾

# 目錄

人物
劉備
陳群
貂蟬
甘寧
呂布
許褚
曹操
典韋
魏延
曹朋

# 章一　百騎突擊

陳宮的意圖非常明顯，不與曹朋糾纏鏖戰，速戰速決才是王道。

曹朋拖得起，他拖不起……攻克曲陽、占領海西的意義，不僅僅是那百萬斛糧草和斷去曹操一臂，還有更為重要的一個意圖，那就是震懾廣陵的陳登，使陳登龜縮廣陵，不敢妄動。

只要攻破曲陽，城外的那些兵馬就是散兵游勇。

殺了曹朋，則斷去鄧稷一臂，海西不費吹灰之力，便可以一舉拿下。

所以，陳宮根本不去理睬後營的騷亂。在他看來，海西方面並無多少兵馬可以出動，了不起兩千人，一個曲陽至少占去四分之三。那城外有多少兵馬可想而知，總數不超過五百。

單憑五百人，就想衝散八千兵馬？

這世上不是個個人都是呂溫侯，而張文遠也並非滿大街都是。

陳宮深信，城外這支人馬騷擾的性質大於突擊的性質。越是這樣，就越說明曲陽之危急。

呂吉自動請纓，陳宮當然不會拒絕。

事實上，他也看不上呂吉。這孩子有胡人血統，打仗倒是挺猛，可是……野心太大！呂吉的野心能瞞得過呂布，卻瞞不過陳宮。只是陳宮不會插手呂布的家事，大多數時候都保持沉默。此次攻伐曲陽海西，陳宮並不想帶呂吉過來，可呂布既然安排了，他也只好從命……

在陳宮眼中，呂吉屬於那種成事不足、敗事有餘的莽夫。留在陣前也沒什麼用處，讓他坐鎮後軍倒是一個挺不錯的選擇。於是，呂吉請命之後，陳宮便點頭答應。

呂吉帶本部八百人，迅速向後軍趕去。陳宮則繼續督戰，下令軍卒繼續猛攻曲陽縣城……

一時間，曲陽城下，血流成河！

陳宮的思路沒錯。

這世上不是沒有以少勝多、單騎闖關的戰例。昔年楚霸王破釜沉舟，鉅鹿大敗秦軍王離，就是一個例子。可這世上，楚霸王又能有幾個？有漢以來，四百年滄桑變幻，軍事戰術也隨之完善許多。楚霸王的事例，在陳宮看來基本上屬於不可複製。當今之世，怕也就是溫侯呂布憑胯下赤兔嘶風獸、掌中畫桿戟能做到這一點，其他人則很難做到單騎闖關……

可是，陳宮絕不會想到，在小小的海西縣，不僅有潘璋這樣的一流高手，更有一個甘興霸。

隨著戰局的發展，下邳軍後軍明顯出現鬆散的局面。特別是陳宮揮中軍向前壓迫，使得後軍與中軍之間出現了一個不大不小的間隙。

甘寧讀過兵法，鄧芝的眼光也不差。於是兩人果斷決定，由鄧芝率兩百人在外接應，甘寧率一百八十六騎向下邳軍發動攻擊。

天色已漸漸昏黑，平原上的視線也隨之變得模糊。

所有人的注意力，在這一刻都集中在那小小的曲陽城下。

甘寧趁著天色，出現在下邳軍的後方。在大約還有百米距離的時候，甘寧猛然一抖韁繩，縱馬飛奔。照夜白鐵蹄颯遝，在夜風之中，雪白的馬鬃迎風飄揚，猶如一朵白雲，馱著甘寧，眨眼間就衝到了敵軍陣前。差不多還有幾十步的時候，下邳軍終於覺察到了事情不妙。

「敵襲，敵襲……」有軍卒嘶聲吼叫。

不等下邳軍開弓放箭，照夜白在急速衝鋒中，陡然間再一次提速。

猶如貼著地面的一道閃電，眨眼就到了下邳軍陣前。甘寧手持龍雀，劃出一抹奇亮弧光，刀分陰陽，在瞬間撲稜一翻，兩蓬血霧噴射而出，甘寧已闖進下邳軍中。刀疾馬快，猶如一股風似的，所過之處殺得下邳軍人仰馬翻。一百八十六騎緊隨甘寧身後，也隨之闖入下邳軍中。

為了加強這支突襲騎軍的衝擊力，曹朋將曲陽武庫中的長刀盡數配給了甘寧這些部曲。

一匹匹戰馬飛馳而過，一柄柄大刀閃爍光寒。下邳軍陣腳大亂，更使得甘寧一路殺過去，如入無人之境。

兩員騎將縱馬衝上前來，試圖阻攔甘寧的去路。不過甘寧卻不慌不忙，照夜白猛然一個急停，旋即驟然暴起。在這一停一動之間，騎將頓時慌了手腳。甘寧手起刀落，將一名騎將斬於馬下。而另一個騎將，則在二馬照面的一剎那，被照夜白仰蹄踹在了胯下馬的脛骨上。

喀嚓一聲，戰馬脛骨折斷，把騎將一下子甩飛出去。騎將被摔得頭昏腦脹，從地上爬起來，就見一騎衝來，蓬的一聲便把他撞飛出去，只撞得是骨斷筋折。

呂吉率部曲抵達時，下邳後軍已亂成了一團。遠遠的，他看見一身錦袍的甘寧，手持大刀在亂軍中橫衝直撞。照夜白過處，如同劈波斬浪，下邳軍落荒而逃。呂吉不由得心中大怒……

「休得慌亂，某家在此！」

說著話，呂吉縱馬舞戟，便向甘寧衝去。一邊衝鋒，他一邊厲聲喝道：「賊將，休得猖狂，你家少君侯在此！」

人啊，有的時候感覺太好了，似乎也不是一樁好事。

呂吉就屬於那種自我感覺優秀的類型。自從拜了呂布為父，呂吉跟著呂布可說是東征西討，也立下過赫赫戰功。胯下馬，掌中大戟，呂吉自認為在呂布帳下，除了張遼之外，他當屬第二號人物。眼見甘寧在軍中肆虐，他又如何能忍受得了？胡人的血脈，令他的骨子裡透著一股驕狂。胯下戰馬也非等閒，他單手舞動大戟，風一般，就到了甘寧跟前……

甘寧手上纏著白色布條，不過已經被鮮血染紅。眼見有人攔住了去路，他咧嘴一笑，露出一口雪白的牙齒，猶如一頭噬人的野獸般猙獰：「小娃娃，找死！」

面對著呂吉劈過來的大戟，甘寧毫無懼色。他縱馬迎上前去，大刀在空中揮動，鐺的一聲，正劈在那大戟的小戟之上。

呂吉只覺手臂一振，大戟頓時蕩開。不過，他也不慌亂，順著大戟蕩開的力量，在手中滴溜溜一轉，反手呼的再次向甘寧劈去。甘寧舉刀相迎，崩開大戟之後，二馬照面，他雙腳踩著馬鐙，猛然長身而起，雙手握刀，凶狠的劈向了呂吉……

馬鐙的優勢，在這一刻凸顯的淋漓盡致。

呂吉的大戟長約有三米八左右，接近四米。按道理說，騎戰的時候，兵器長能占據優勢……

按照後世武學所說：一寸長，一寸強。甘寧的龍雀大刀不過九尺，幾乎比大戟短了一半。而兵械譜上還有『一寸短，一寸險』的說法。

藉助照夜白的速度，甘寧搶進中宮，掄刀就砍。

馬鐙可以增力，使得甘寧這一刀掛著一股風雷聲，呼的就落下來。

呂吉也沒有想到甘寧刀疾馬快如斯。本來，兩人之間的距離並不足以使甘寧出擊，可有這馬鐙的優勢之後，使得甘寧陡然長身，令呂吉猝不及防。匆忙中，呂吉雙手握住了大戟，猶如鐵門閂般的橫戟封擋！只聽鐺的一聲巨響，呂吉胯下戰馬希聿聿暴嘶，前蹄一軟，撲通就翻倒在地。

甘寧這一刀的威勢，何等強猛！

按照曹朋的說法，甘寧在馬上這一刀下去，有六百斤力道。那麼配上馬鐙，便可使出千斤之力。

馬鐙、馬鞍，曹朋並沒有馬上推廣。事實上，他手下的騎軍並不多，此次能湊足近四百匹馬，已經是非常難得。此前，他身邊諸多人手，僅有照夜白配備馬鞍和雙鐙，除此之外，也就是夏侯蘭、潘璋、周倉和鄧範四個人的坐騎配有這種裝備。

甘寧有馬鐙可借力，有馬鞍可固身，有馬掌可以護住戰馬，說是三寶，也不為過。

而呂吉匆忙封擋，所藉助的完全是他雙腿之力。戰馬倒下之後，他在地上骨碌碌滾出去好幾米遠，再站起來時，嚇出了一身的冷汗。

這傢伙，怎有如此巨力？這一刀之威，不遜色於父親……

呂吉驚魂未定，甘寧卻不會就此放過他，催馬就撲向呂吉。好在，呂吉麾下那些騎將一擁而上，將甘寧圍住。好一個甘寧，面對十數人的圍攻卻毫無懼色，一把奪過一桿長矛，左手矛，右手刀，刀矛翻飛，只殺得一個血肉橫飛，好不慘烈。

呂吉這一次可真被嚇壞了！長這麼大，見過許多猛將，但在他的印象中，似乎也只有典韋之輩，能夠和眼前這員大將相提並論。

他娘的，這海西縣城裡究竟還藏了什麼樣的人物？

他抓過一匹無主的戰馬，掉頭就走。

也就是這一眨眼的工夫，甘寧槍挑三將，刀劈四人，一眾騎將被殺得膽戰心驚，落荒而逃。他帶人繼續向中軍出擊，殺得下邳軍連連後退。

就在這時，曹性率部趕到。遠遠的，他抬手就是一箭，硬生生逼退了甘寧。

陳宮一開始也沒有留意到這種狀況，正全力指揮兵卒攻打曲陽。身旁小校拉著他的衣襟喊道：「軍師，敵兵已突破了後陣。」

「啊？」直到這個時候陳宮才意識到事態不妙。「少君侯呢？」

「少君侯被敵將一招戰敗，已落荒而逃……他們現在正朝中軍出擊。」

「啊呀呀……」陳宮氣得是暴跳如雷。眼看著下邳軍已經攻上了曲陽城頭，沒想到竟然出現這種事情。

狼狽不堪。

「立刻隨我迎擊！」

長號聲在空中響起，下邳軍旋即後軍變前陣。

陳宮驅車而來，遠遠就看見甘寧在人群當中猶如一尊煞神般，打得己方兵馬節節敗退，就連曹性趕來，也只是堪堪抵住甘寧的攻勢。但陳宮看得出來，在甘寧那疾風暴雨式的攻擊下，曹性也是左封右擋，狼狽不堪。

「給我圈住他！」陳宮厲聲喝道。

剎那間，數百軍卒蜂擁而上，想要將甘寧等人困住。甘寧見敵軍勢大，也不戀戰，唰唰唰，馬上三刀，逼退了曹性等人之後，撥馬回旋，掉頭就走。

「兒郎們，隨我撤退！」甘寧大吼一聲，帶著騎軍就向外突圍。

又是好一番血戰，曹性等人只能跟在甘寧身後苦苦追趕，卻始終無法將甘寧攔截下來。

「此獠何人？」陳宮驚慌失措，大聲問道。

可身邊眾人，竟沒有一個知道甘寧的來歷。

與此同時，鄧芝領二百騎突入軍中，與甘寧會合之後，一鼓作氣，便殺出了下邳軍的重圍。

「陳公台，不過如此……也敢犯我家公子之威？」

甘寧的笑聲，迴盪蒼穹。

三百餘騎絕塵而去，只令得陳宮呆若木雞。

曹性氣急敗壞的來到陳宮車前，「軍師，那傢伙是什麼人？海西何時有如此猛將？」

陳宮搖了搖頭，苦笑道：「此獠，何如？」

這傢伙，真的很厲害嗎？

曹性道：「非君侯親至，恐無人勝之。」

「較之文遠如何？」

「文遠怕也奈何不得……」

有曹性這一番話，陳宮心裡面也暗自突突：海西縣，怎藏龍臥虎如斯哉？

「軍師，還繼續攻城嗎？」

天已全黑，戰場上點著火堆，把遠處的曲陽城照映得有一種妖異之氣。剛登上城的軍卒，再一次被打退。陳宮看了一眼四周，軍卒們一個個疲憊不堪，都透出一種畏懼之色。

小小曲陽，狂攻一日，卻不得破！如今又被甘寧這麼衝營，士氣頓時低落。

陳宮嘆了口氣，擺擺手，有氣無力的命令道：「收兵！」

再打下去，是徒增死亡而已。他千算萬算，唯獨沒有算到海西還有如此猛將……

銅鑼聲響起，下邳軍潮水般退下，對面的曲陽城頭上傳來一陣陣的歡呼聲，隱隱約約，可以看到城上兵卒的身影晃動。

「一步錯，步步錯。叔龍……我們喪失了最好的破城機會。」

曹性則是神色複雜，閉口不言。半晌後，他輕聲道：「就算曹友學有此等猛將，也休想挽回敗局……我看他能撐多久！」

能撐多久？

陳宮心裡隱隱有一種預感：不是他們能撐多久的問題，而是我們有多少時間……

他站在車上，回身向曲陽城頭眺望。第一次，陳宮感到了後悔，他以為自己沒有小覷海西，但現在看來，他還是小覷了海西縣！

兵法有云：知己知彼，百戰百勝。

陳宮此戰就敗在知己而不知彼……也許，從一開始貿然興兵征伐海西，就是一個天大的錯誤！

曲陽城樓上，那瘦小的身影，依舊如標槍般筆直站立。

陳宮深吸一口氣，手中寶劍遙指那身影，而後作勢在空中劈斬。

曹友學，這只是一個開始，還沒有結束！

他相信，曹朋一定能夠看見……

曹朋的嗓子完全嘶啞了！

大戰之時，他奔走城樓，與衝上城頭的下邳軍廝殺，大聲呼喊，為城頭上的軍卒們鼓氣。當下邳軍收兵的一剎那，他整個人好像癱掉了一樣，如果不是靠著那一股氣撐著，說不定當時就倒在血水之中，大睡他三天三夜。

今日，死在他手裡的下邳軍有三十多個吧。此時的人命，似乎都變成了冷冰冰的數字，不論死多少人，恐怕也不會使曹朋產生情緒上的波動。俗話說，慈不掌兵！也許就是這種感覺。

看著倒在血泊中的一具具屍體，曹朋麻木了……

「公子，歇一會兒吧。」

「興霸這次突襲，真是及時啊。」

「嗯！」

「可也僅止這一次而已。下次興霸再想突襲，恐怕就不會那麼容易，而且效果也不會比這次好。」

「為什麼？」周倉忍不住問道。

曹朋目送下邳兵收兵回營，這才鬆了一口氣。

雖然身體疼痛得難受，他卻依舊挺直腰桿，拖刀在城頭上巡視。他要為士卒們鼓一鼓氣勢，畢竟這一整天的傷亡實在是太大了，僅西城門，死傷人數超過了一百五十人，而東城門的傷亡更超過了兩百之多。

## 章一 百騎突擊

也就是說，這一個白晝的時間，曹朋至少損失了四百人，還不算上凌晨偷襲損失的百名勇士，加起來怕有五百之多。

聽上去，這似乎並非一個驚人的數字。可如果聯繫到曲陽的總兵力，會發現這五百人就占居了四分之一。

「王旭今天徵召有多少人？」

「不多，大約只有兩、三百吧……」

曲陽人對曹朋的歸屬感終究不高。能招收到兩、三百人，已經是超出了曹朋原有的估算……

「命他，加緊訓練。」

「喏！」

曹朋輕出一口濁氣，嗓子眼裡是火辣辣的痛。

坐到一個水桶旁，裡面的水已經變成了紅色，曹朋也顧不得許多，抄起旁邊一個髒兮兮的陶碗，舀了一碗水，咕嘟咕嘟的一飲而盡。那水裡面帶著濃濃的血腥味，不曉得摻雜了多少人的鮮血，但這個時候，誰還會去在意這些事情？一碗水入腹，嗓子眼裡著火的感覺隨之緩解許多，曹朋再次出了一口氣，扶著城牆垛口，向城外面看了一眼，發出一聲嘆息。

「這一次陳宮的反應，出乎我的預料。」

「哦？」

「興霸最初突襲的時候，我原以為陳宮會亂了陣腳，收兵還擊。哪知道這傢伙居然不理不問，繼續攻擊曲陽……如果不是興霸悍勇，打了陳宮一個措手不及，只怕他不會收兵。這一次他吃了虧，下次定然會有所準備，興霸再想得手，很難。」

說實話，陳宮的反應，著實嚇了曹朋一跳。

他說的是心裡話，也就是甘寧，情況才如此這般……若換了一個人，今天曲陽就危險了。

曹朋對甘寧，那自然是極有信心。歷史上，濡須口之戰時，甘寧的年紀應該有四十了吧，尚能率百騎突營，不折一兵一卒的回來。這份勇力，可想而知。而今甘寧正值年輕，而下邳軍中能與甘寧一對一過上幾招的，恐怕也只有曹性一人……所以，曹朋是真不擔心。

他現在擔心的，是陳宮表現出來的那種態度。

從陳宮當時的反應來看，他是想要一鼓作氣，攻克曲陽。

那種堅決，令曹朋心驚……雖說今天陳宮的死傷人數比己方大，可架不住他人多，而且決心大。這麼硬拚下去的話，自己能堅持多久？曹朋現在可真有些猶豫，甚至有些害怕了。

「周叔，讓弟兄們下城休息，命子幽率部守城。」

「那你呢？」

「我就在這裡盯著……周叔你先下去休息，養好精神。咱們來日方長，接下來的日子會更苦。」

周倉想要拒絕，可是被曹朋一句『此乃軍令』堵住，只好躬身應命。

片刻之後，夏侯蘭率五百兵卒走上城樓，與周倉交接。周倉帶著三百餘人退至西校場休整。

「東城狀況如何？」

「也不樂觀。」夏侯蘭一臉憂色，輕聲道：「文珪和嚴法那邊，如今只餘四百人，而且都很疲乏。我已命王旭派人過去替換，不過大都是剛徵召過來，當不得大用。我估計明天一戰，文珪那邊至少也折損一半人馬。可這也沒有辦法，咱們的人手不足，王旭手裡現在也只剩下兩百人了。」

「命王旭繼續徵召……實在不行，抬高撫恤。告訴曲陽人，凡應徵一人，一日得糧米一斛……娘的！我就不信了，海西百萬斛就徵不到一千人！給我把府庫打開，往外發糧。若有戰死，可舉家遷往海西，得良田五十畝……」

曹朋也真是急紅眼了！兵力不足，戰鬥力低下，已經成為接下來他要面臨的主要問題。

夏侯蘭答應一聲，見左右無人，忍不住輕聲道：「公子，還有一件事，必須要提前告知與你。」

「什麼事？」

「咱們的箭矢……消耗太快。」

「啊？」

「今日一個白晝，消耗了近三萬枝箭。」

曹朋有點懵了。

他可是記得，曲陽如今一共只有十萬枝箭，這一個白晝，就消耗了三分之一？

可是，三萬枝箭矢，射殺了多少敵人？曹朋算了算，估計死在箭矢下的敵軍也就五、六百的樣子。換句話說，每五十枝箭矢射殺一個人……曹朋倒吸一口涼氣，半晌說不出話。

「許多人太緊張了，上去根本就拉不開弓，箭矢離弦即落，以至於……公子，最好不要讓新兵們用箭，否則會白白浪費許多箭矢。我的意思是，最好東西兩門各配上兩百老兵，讓他們執弓，應該會強於那些新卒。畢竟新兵們沒幾個見過大場面，更沒有上過戰陣殺過人……」

曹朋眼睛一亮，「這主意好，以老帶新，好主意。」

他發現，自己的腦袋瓜子還真不頂用，這在後世極為普遍的辦法，他居然想不起來。新兵蛋子上戰場，總難免會有各種緊張、各種失誤，身邊有幾個老兵帶著，效果就會明顯不同。潘璋那邊基本上已按照這種辦法行事，可西門這邊似乎……

曹朋立刻下令，抽調兩百老卒過來，同時又讓抽調兩百新兵蛋子下去，讓他們和老卒們在一起。哪怕沒上過戰場，也可以互相交流一下。

在處理完這些事情之後，天色已接近子時。

# 章一 百騎突擊



夜幕漆黑，烏雲翻滾，好像要變天了……

夏侯蘭硬是把曹朋推到箭樓的門廳裡，逼著曹朋休息。

曹朋道：「子幽，看著樣子，恐怕是要變天了。你派人通知一下文珪，讓他們加強守備，一定要保持警戒。天黑殺人夜，風高放火天。咱們可以偷營，想那陳公台也可能會偷襲……」

「喏！」

夏侯蘭抬頭看了看天色，心有戚戚焉。他立刻派人去通知潘璋和鄧範，而後關閉了門廳大門。

「點起火把，每二十步扔下城頭。火把熄滅，即立刻更換，小心下邳狗偷襲，全體戒備！」

夏侯蘭的聲音，在城樓上迴盪，傳入了門廳。

靠在榻上，曹朋看了一眼倒在大門旁邊和衣而臥的楚戈。

這小子今天也很辛苦，有好幾次都是他眼疾手快，避免了曹朋受傷。

凌晨受傷，又鏖戰了一個白晝，即便是鐵打的人，也有些吃受不起。倒在地上，楚戈發出一陣陣鼾聲，看上去睡得很香甜。

曹朋拿起被褥，走過去蓋在了楚戈的身上，然後又返回床榻。

他閉上眼睛，耳根子邊上似乎還在迴盪白晝時的喊殺聲。那刀刀見血、槍槍致命的慘烈搏殺場面，不住在腦海中浮現。一個個好男兒倒在血泊中，最後變成了一具具冷冰冰的屍體。

這就是戰爭！

沒有經歷過這種事情，很難想像出來那其中的可怖。

曹朋前世殺過人，重生後也殺過人。但那種程度的殺人與白晝時那一幕幕慘烈的景象相比，簡直不值一提。人們常說，戰爭是政治的延續；可對於普通人而言，戰爭就是殺戮。

政治，那是那些身處高位人的遊戲。

至少就目前而言，曹朋還沒有參與這種遊戲的資格。

不得不說，一白晝的廝殺讓曹朋領悟很多……他躺在床榻上，怎麼也無法靜下心來。於是他盤膝坐起，閉上眼睛，開始練習靜功十二段錦。呼吸綿綿，似有若無。在心中默誦真言，精神逐漸放鬆下來，整個人也隨之進入一種空靈的冥想狀態，全身的機能隨著真言逐漸恢復。

這一夜，對許多人而言，注定是不眠之夜……

曲陽城外，下邳軍營。

呂吉低著頭，坐在軍帳裡一言不發。日間他的表現實在是太丟人了，竟然被人嚇得落荒而逃，以至於後軍陣營被甘寧鑿穿通透。

可無論是陳宮還是曹性，都沒有責怪他。

特別是曹性，雖說一直看不慣呂吉，卻也不得不承認呂吉當時跑得太及時了。依照曹性對甘寧的評價，三招之內，呂吉必有性命之危。如果呂吉被甘寧殺死了，就算攻下曲陽，依然是一場慘敗。不管呂布是不是待見呂吉，在名義上，呂吉始終都是呂布的兒子……

在曹性和陳宮聯手的看護下，都沒能保住呂吉的性命，傳揚出去，他二人以後就別想再拋頭露面。說不定，依著呂布的脾氣，敢直接拿他二人開刀。

所以，坐在軍帳裡，看著垂頭喪氣的呂吉，曹性和陳宮不禁暗自慶幸。

「公台，外面有這麼一支人馬在，我們恐怕很難投注全部精力於曲陽縣城啊。」曹性拍了拍額頭，輕聲道：「每逢關鍵之時，他們就跑出來衝殺一陣，我們又該如何是好？」

陳宮搖搖頭，「那倒未必。」

「此話怎講？」

「今日之敗，非是我等之過，而是我們對海西的陌生。我們根本就不知道，海西居然還藏著這麼一頭凶虎，以至於被他打了個措手不及，才……如果我們加以戒備，他未必能得手。我看他們的人數並不多，絕不會輕易的再發動攻擊。只需派出一人坐鎮後軍，加以提防就是……子善，你可願意？」

呂吉抬起頭，沉聲道：「末將願意。」

他知道自己無法拒絕陳宮。既然無法拒絕，那就答應下來。萬一情況不妙，跑路就是……

呂吉骨子裡那種胡兒狡詐的性子，注定他也不可能像他所說的那樣堅決。

陳宮也不知是否看出了呂吉的小心思，見他應命，便點了點頭，不再就這個問題商討下去。

他嘆了一口氣。

「公台，何故嘆息？」

陳宮苦笑道：「我在想，我們都瞎了眼睛……居然任由這麼一頭凶虎，在海西逍遙自在一年。」

曹性沉默無語，不知道該如何回答才是。

陳宮說：「我現在只是擔心，那海西還有什麼招數沒有使出來？」

這句話一出口，也代表著陳宮真正的開始正視海西，正視鄧稷，正視曹朋……曹性也不知道該如何回答，但是他可以聽得出來，陳宮這句話的背後似隱藏有一絲絲的躊躇。

「公台，有件事情，我必須和你說一下。」

「什麼事？」

「我今日攻打東門，發現東門的抵禦雖然猛烈，卻似乎缺少章法。西門有曹友學鎮守，那小子的頭腦和心思都非同尋常，如若強攻，只怕會傷亡慘重……既然強攻西門不得，何不把主要兵力投注於東門之上？只需要牽制住曹友學的兵力，就可以一舉攻克東門。」

「有這等事？」陳宮眼中，閃過一抹精芒，「叔龍，你將東門戰局詳細與我道來。」

曹性想了想，便開始講述他今日在東門的戰況。從最初的攻擊到後來收兵，以及東門的抵禦手段，他詳詳細細的解說起來。而陳宮聽得也非常認真，甚至不肯放過任何一個細微的細節。

待曹性說完，陳宮不由得陷入了沉思。

「依你所言，東城的守禦的確是顯得雜亂，而且沒有什麼章法。」

曹性道：「那公台可同意我的計策？」

「不！」

陳宮呼的一下子站起來，在軍帳之中徘徊良久。

他停下腳步，目光灼灼。軍帳裡的燭火，在他臉上照映出一抹陰霾，他臉上浮出一抹冷笑，「明日，繼續攻打西門。」

# 章二 聲東擊西

「操，狗屎的陳公台，瘋了嗎？」

曹朋掄起那把比他還高的河一大刀，把一個衝上城頭的下邳兵砍翻之後，忍不住破口大罵。

一個下邳兵倒地，又有四、五個下邳兵竄上城頭。

不等楚戈回答，曹朋已拖刀飛奔而去。

兩枚鐵流星脫手飛出，將一個下邳兵砸得腦漿迸裂。不過曹朋旋即便被其他下邳兵包圍起來，刀來槍往又是一陣廝殺。當曹朋一刀抹過最後一名下邳兵的脖子時，臉上被噴上一層濃稠的血霧。此時，天已近酉時，斜陽夕照，整個曲陽西城的城頭上籠罩著一蓬血色光芒。

「退了，他們退了！」

## 章二　聲東擊西

當幹掉了最後一名衝上來的下邳兵後，城頭上的軍卒們縱聲歡呼。

「小心！」

曹朋話音未落，只聽城下嘎吱嘎吱機括響動，幾十臺拋石機同時發射。挾帶巨力的礌石飛上城頭，兩個來不及躲閃的士兵被礌石砸中，頓時血肉模糊，倒在血泊之中變成了死屍。

「他們就不累嗎？」

楚戈喘著粗氣，和曹朋一起躲在垛口下方。

曹朋放下刀，把手上的布條扯下來，從懷中又取出一條乾淨的布條，纏繞在手上。

他用這種方式來避免手滑。凶狠的殺戮，已使得他全身沾著血，如果不用這種辦法，就很可能出現大刀脫手的情況。而那條被換下來的布條，濕漉漉，沉甸甸，被鮮血濕透……

楚戈有樣學樣，也開始更換手上的血布。他一邊纏手，一邊咒罵道：「該死的下邳狗，今天好像瘋了似的，這已經是第幾次攻擊了？」

「第十一次！」曹朋神色淡然，把手纏好，抓起大刀。「弓箭手，弓箭手做準備……」

他站起身來，迎面就見一顆礌石飛來，嚇得他連忙閃躲。

蓬的一聲，礌石擊中垛口，把半個垛口砸得粉碎。灰塵帶著一股煙熏火燎的味道，讓曹朋一陣劇烈咳嗽。但此時他已經顧不得許多，忙上前一步，靠在城垛口上，向城外觀望。

一曲兵馬，已列隊城下。待礌石轟擊過後，他們就會發動進攻。

「夏侯！東城那邊情況如何？」

「下邳軍攻得很猛，剛才傳來消息，嚴法受傷了，不過傷勢不算太重。」

嚴法，就是鄧範。

夏侯蘭啐了一口帶著血絲的濃痰，「文珪說，東城目前情況還好，至少還能再繼續堅持下去。公子，傷亡太大了，要不然抽調援兵？陳公台看起來是想要一戰功成，拚了命的攻擊。這樣下去，我擔心咱們堅持不了太久。」

是啊，陳宮今天看起來是下定決心了！昨日他吃了一個大虧，今天是猛攻不止。而且曹性沒有出現，估計是坐鎮後軍，如此一來甘寧想要突擊援助，恐怕相當困難。可是陳宮就不考慮，這樣子攻擊如果不能破城的話，對於下邳軍的士氣同樣是一種打擊？付出那麼多士兵的性命，似乎得不償失啊。

曹朋隱隱約約感覺到有些不太對勁。

可就在他沉思的時候，三顆礌石凶狠的轟擊在城牆上。

轟隆！

一聲巨響，有兵卒嘶聲吼叫：「城牆塌了，城牆塌了……」

西門一處城牆在遭受連番轟擊之後，終於承受不住，轟然倒塌，堅固的城牆出現了一個缺口。城下，下邳軍戰鼓轟隆，下邳兵在強弓硬弩以及礌石的掩護下，如潮水般湧來。

曹朋顧不得再去考慮問題，拖刀奔向缺口處：「夏侯，你繼續指揮，楚瘋子隨我拒敵！」

楚戈答應一聲，緊跟在曹朋身後，匆匆離去。

夏侯蘭一臉凝重之色，嘶聲吼道：「弓箭手，拋射！」

嗡……

一排箭矢沖天而起，向城下射去。

在同等級的縣城之中，曲陽算得上一座堅城。前曲陽長王模對城防很關注，每年都會加以修繕，但曲陽畢竟是小縣城，不可能使用青磚巨石造建。城牆雖高雖厚，其主體卻是夯土築就，所以在經過連番的攻擊後，城牆終於不堪重負轟然倒塌。好在曹朋早已有了安排，在城上堆積了無數泥沙袋子。

「把缺口給我填上！」曹朋衝過去，就看到那可以容納一輛馬車出入的巨大缺口。他連忙大聲呼喊，指揮兵卒將沙袋木樁投下去。

但遭遇破城的軍卒還是有些慌亂，以至於在填築缺口的時候，不免手腳發軟，致使一隊下邳兵衝進城內。曹朋和楚戈帶著兩名親兵立刻迎上前去，大刀一掄，在短途驟然發力，將一名下邳兵砍翻在血泊中。

這兩天的搏殺，對曹朋而言，無疑是一次殘酷而卓有成效的歷練。

後世的武術裡，夾雜了太多花俏，這使得很多招數華而不實，戰鬥力相對減弱。

古人創造武術，不是為了觀賞，而是殺人……兩天亡命搏殺，使得曹朋的刀法脫胎換骨，許多華而不實的花架子在不知不覺中拋棄。搏殺之時，用最簡單、最有效的方法予以殺傷。

這，才是本質！

「休得理睬下邳狗，給我填上缺口！」

兩天搏殺，使得曹朋在兵卒中有著無與倫比的威望。

士兵們願意相信這個看上去乳臭未乾、稚氣未消的少年。他帶著楚戈衝上來後，士氣為之一振，木樁和沙袋投擲的速度驟然加快，眨眼間便把那缺口填上。而衝進城內的十幾個下邳兵，也在曹朋的指揮下，迅速遭到圍殺。當最後一個衝進城的下邳兵被斬殺後，城上已恢復了平靜。

「操！」曹朋忍不住爆了一聲粗口。他皺著眉，將掛在戰甲上的一段腸子摘下，隨手丟棄。

那模樣，又引得楚戈等軍卒們哈哈大笑……

城牆倒塌所帶來的陰霾，好似一掃而空。但曹朋的心裡，卻格外沉重。

既然能出現第一個缺口，那就有可能會出現第二個、第三個，乃至於無數個缺口。到那時候，曲陽還能繼續堅持嗎？抑或者，應該抽調兵力？

面對陳宮那近似瘋狂的攻擊，曹朋有些動搖。

「下邳狗又來了！」

## 聲東擊西

抬頭看去，只見十幾枚火球呼嘯自空中落下，一枚燃燒的礌石，蓬的落在距離曹朋不遠的城門樓下。用碎石鋪成的長街，被砸出一道道裂痕，崩飛的石子擦著曹朋的臉頰飛過去，劃出一道淡淡的血痕。一名海西兵被碎石擊中額頭，頓時血流不止……

曹朋忍不住破口大罵：「陳公台，你他媽的吃春藥了！」

他健步如飛，衝上城頭，看著城下密密麻麻、蜂擁而至的下邳兵，不禁一陣頭大。

「公子，調兵吧……」夏侯蘭衝過來，大聲喊叫。

「傷亡近兩百，快頂不住了！」

「給我調兵……」曹朋也急紅了眼，大聲吼道。

隨著他一聲令下，王旭率三百餘人自西校場趕來，迅速投入戰場。

「西校場還有多少人？」

「只剩下周縣尉和他手下三百人。」

就在曹朋和王旭這對話的一剎那，下邳軍再次發動攻勢。王旭帶來的三百兵馬，大都是臨時徵召過來，面對那些悍不畏死的下邳兵，頓時慌了手腳。他們甚至不知道怎麼去躲避箭矢，瞬間便有十餘人倒在血泊中，剩下的人立刻慌亂起來，在城頭上大喊大叫，狼狽而逃。

也難怪，從軍不足十天便被拉到戰場上，教這些新兵蛋子如何能不驚慌失措？他們驚慌沒關係，可卻使得城頭上的兵卒也開始慌亂。

曹朋勃然大怒，操刀衝上去，連續將幾個奔走逃竄的士兵砍殺。

「哪個再敢慌亂，格殺勿論！」

剎那間，城頭上的兵卒好像冷靜下來。

「就地隱藏，隨時準備作戰……若被我看見誰在城上亂走，這些人就是下場！」

慌亂，似乎被鎮壓了！可是曹朋卻連連苦笑……這等新兵蛋子，指望他們作戰？如果真的對陣疆場，甘寧帶著五十人，就可以讓他們全軍覆沒。

「要不然，把周縣尉調上來？」夏侯蘭也不是很看好這些新兵蛋子，忍不住向曹朋提出建議。

徵調嗎？曹朋不免有些意動。不可否認，周倉手下的那些兵馬，遠非這些新兵蛋子可比，如果他們上來，至少可提升兩成戰力。可內心中，他隱隱約約感覺到有些不太對勁。

陳宮的瘋狂攻擊，讓曹朋產生一絲怪異的警兆。他覺得，陳宮這樣子攻擊，定有其他目的。

「文珪那邊的情況怎樣？」

「傷亡也已過百。」

曹朋拍了拍額頭，一咬牙，「先撐過這一輪，天馬上要黑了，看那陳宮還有什麼花招。」

「喏！」

下邳軍陣前，陳宮立於戰車上，靜靜的觀望戰局。當下邳軍再一次被打下城後，他的臉上浮現出一抹淡淡的笑意。

「軍師，要不要繼續攻擊？」

「傳令，暫停攻擊！」

「啊？」傳令兵愣了一下，旋即轉身將命令傳遞下去。

不一會兒的工夫，就見呂吉縱馬疾馳而來，在陳宮車前停下之後，大聲道：「軍師，何故停止攻擊？」他本來是被安排坐鎮後軍，但臨戰時，又被委以攻打東城之任務。

「差不多了。」

「什麼差不多了？」呂吉一臉的迷茫，疑惑向陳宮看去。

陳宮心中不由得生出鄙薄之意，暗地裡冷笑一聲：就這點眼力，還想繼承溫侯的家業嗎？不過，他還是耐心的解釋道：「剛才西城門上，海西軍已出現混亂局面，想必今日攻擊，已經把他們最後的力量逼迫出來。剛才城上的海西兵，很有可能是一群新卒。老卒戰亡，新卒接替。也就是說，曲陽城裡已沒有餘力，連最後一點兵卒都派上來了。」

「那又如何？」

「嘿嘿，今晚，就是破城之時。」
陳宮冷笑一聲，不再與呂吉解釋。他立刻下令：全軍休整。
呂吉一頭霧水，也不知道陳宮這葫蘆裡究竟賣的是什麼藥。
他剛準備回轉東城大營，卻被陳宮叫住：「少君侯，曲陽城破之首功，還需少君侯先登才是。」
「哦？」
「西城的守禦已到了極限，我準備今夜再次發動猛攻。之前，他們城牆破了兩次，如今已危在旦夕。
少君侯難道不想第一個衝進曲陽，建立首功嗎？」
這陳公台，對我還真不錯！
呂吉聽聞頓時心花怒放，連連點頭。
「那麼，西城門總攻，就交由少君侯指揮。」
「軍師放心，呂吉必攻破曲陽，在城中恭候軍師。」
「那麼，準備吧。」
陳宮驅車離去，在行進時，突然密令身邊傳令兵：「請曹將軍來，就說萬事俱備。」
「喏！」
陳宮手搭涼棚，看著斜陽照映下的曲陽城，泛著一蓬濛濛血光。那瘦削清臒的雙頰，透出一抹詭異的笑容：「曹友學，我要出招了！」

與此同時，在距離曲陽城三十里外，祖水河畔的密林中，甘寧有些狼狽的坐在一塊巨石上。

「伯苗，怎麼辦？」

鄧芝一臉愁容，閉著眼睛，沉思不語。

日間，當曲陽激戰正酣的時候，甘寧曾率部數次對下邳軍突擊，試圖緩解下邳軍的攻勢，分擔曹朋的壓力。哪知道下邳軍嚴陣以待，數次衝鋒卻損兵折將，還無法靠近對方……

曹性坐鎮後軍，沉穩有度，指揮得當。他不出擊，也不去尋找，而是坐等甘寧前來。

一千弓弩手就列陣於後軍，每逢甘寧率部突擊時，必遭遇箭雨阻擊。接連數次攻擊之後，甘寧折損了二十餘人，不敢再輕易進攻了，他手裡只有三百人，死了二十多個，只剩下兩百餘人。而曹性則運用典型的刺蝟戰術：你攻過來，我就用強弓硬弩阻擊；你逃走，我也不理睬你。

一天下來，甘寧心裡憋足了火氣……

面對下邳軍這種無賴戰法，鄧芝也沒有什麼好主意。

人家已經是打定了主意，就是按住曲陽一頭猛打，如此一來，騎軍在外圍的突襲已經沒有作用。繼續以這種戰法打下去，非但無法分擔曲陽的壓力，甚至連自己這些人也要賠進去。很明顯，之前所設定的消耗戰、拖字計，已經無法再使用，必須另尋他法……

「興霸，我有一計，也許可解曲陽之危。」

「什麼辦法？」甘寧連忙問道。

鄧芝說：「此一計，有些冒險，同時還需要友學能頂住陳宮的猛攻，至少兩至三天方可。」

「你說！」

「你我兵分兩路。」

鄧芝在甘寧耳邊低聲解說，甘寧一開始眉頭緊蹙，片刻後他猛一點頭，「如今，也唯有此計！」

天色已暗。天邊隱隱還透著一抹霞光，使蒼穹昏昏……

從祖水上游吹來的風，帶著一絲絲寒意，似乎是在告訴人們，已是冬季，天氣開始轉冷了！

曲陽城上，透著難得的靜謐；城下，則隱隱傳來哭泣聲。但對曹朋而言，這一切似乎如過眼雲煙。他自己也說不上來為什麼會如此。如果是在前世，見到這麼多人死去，他絕不會像現在這樣麻木。

對，就是麻木！

看著一具具屍體，無論是己方，抑或者敵方，他生不出任何情感。

整個人就好像失去了靈魂一樣，無法感受到喜怒哀樂的情緒。走在城樓上，腳下踩著濃稠的血水，發出吧唧、吧唧的聲響。整個曲陽的西門，幾乎是浸泡在血水裡，鮮血和水混在一起，順著城牆兩邊的水孔流出，把整座城池都染成了紅色，更浸透了城下的泥土……

輕呼一口濁氣，曹朋看了一眼城頭上的士兵。

「瘋子，今天死了多少人？」

「僅西城這邊，大約有兩百四十餘人，東城要好一些，但同樣死傷嚴重。」

又是近四百人的性命……但可以肯定，陳宮付出的，一定遠勝於己方。這樣的強攻，究竟有什麼意義？曹朋猜不出來。難道說，陳宮聽到了什麼風聲，所以才會如此瘋狂的進攻嗎？

撓了撓頭，曹朋顯得非常苦惱。

「什麼時辰了？」

「已過了戌時……」

「看起來，今天差不多結束了！」

曹朋嘆息一聲之後，剛想要轉身回門廳休息，忽然城外的下邳軍大營中，傳來一陣陣急促的戰鼓聲。緊跟著號角聲響起，下邳軍手持火把再次結陣，伴隨著隆隆戰鼓，不斷向曲陽逼近……

「我操！」曹朋忍不住脫口罵道，「這幫孫子真是不打算讓我好過！」

他說著，一拳擂在城垛上。也許是遭受連番的轟擊，城垛早已經鬆動，曹朋一拳下去，就覺得手下一虛，城垛轟的一下跌下城頭，砸落在地面上，發出沉悶的聲響，傳到城頭上。

剎那間，曹朋僵住了。

「公子，你怎麼了？」

「虛則實，實則虛，虛虛實實，妙用無窮……」曹朋口中呢喃，恍若未覺。

而城外的下邳軍，伴隨著一陣轟鳴戰鼓聲，拋石機再次發射。夜間投擲的礌石，全部用枯草包裹，而後點燃。一團團火球呼嘯著撲向曲陽城頭，在礌石和箭矢的掩護下，下邳軍發動了攻擊。

「不好！」曹朋大叫一聲，拖刀扭頭便走。

「公子，發生何事？」

周倉帶著部曲，在城下正準備和夏侯蘭換防，眼見曹朋從城頭上衝下來，周倉、夏侯蘭和王旭三人都不由得一怔。大戰至今，他們還從未見過曹朋流露出如此驚慌之色，此時曹朋如此慌張，那肯定是發生了大事，三人也不禁緊張起來。

「周叔，帶著你的人，隨我走！夏侯蘭、王旭，你二人繼續留守城頭，給我頂住下邳狗！」

夏侯蘭和王旭有些搞不清楚狀況，但曹朋軍令發出，他二人自然不會違背，連忙拱手應命。

「公子，到底發生了什麼事？」

「隨我馳援東城。」

## 聲東擊西

周倉和曹朋率先在前面奔跑，沿著長街直奔東城門而去。在他二人身後，三百步卒雖感莫名其妙，卻也緊隨其後。

由於城裡的戰馬都讓甘寧等人帶走，所以周倉和曹朋也要步行前進。周倉氣喘吁吁，一邊跑，一邊滿頭霧水的向曹朋請教，可是曹朋的答案卻讓他更加迷惑……

「陳公台，你他媽的聲東擊西！」曹朋一邊跑，一邊咒罵。

聲東擊西，這傢伙居然耍了一招聲東擊西！那不是曹操在宛城還是穰城耍出來的招數嗎？

在曹朋的記憶裡，聲東擊西源於宛城之戰。

曹操是第幾次攻打宛城？第二次還是第三次？曹朋記不清楚了。反正，就是曹操發現宛城有一個突破口，位於宛城西面，於是他不動聲色，猛攻東面，迫使得張繡轉移兵力，而後攻打西面。不過這個計策最終被賈詡識破，還將計就計的差一點把曹操給幹進去。後世，聲東擊西也就成了三十六計之一。但是曹朋遠在海西，並不太清楚曹操後來在宛城的戰局。

所以聲東擊西到底出現沒有？曹朋也不知道！

不過，陳宮這傢伙卻是實實在在的在他眼皮子下，玩了一手聲東擊西的把戲。

實際上，聲東擊西並非曹操所創。其真實的出處，是在《淮南子．兵略訓》裡面有過記載。

《兵略訓》的原文如下：故用兵之道，示之以柔而迎之以剛，示之以弱而乘之以強，位為之以歙而應之以張，將欲西而示之以東……

而第一個將此兵略用為計策的人，也不是曹操，卻是東漢年間的定遠侯班超。

陳宮這一手狠啊！

他手中有足夠的兵馬，然後對曹朋施加壓力。

曲陽東西兩座城門，就好像是一座天秤，本來是平衡狀態。陳宮以優勢兵力出擊，迫使曹朋將兵力由平衡分布轉為偏向西城。西城門兵力眾，就代表著東城門兵力不足，而後猛然調轉攻擊方向，打曹朋一個措手不及。應該說，這不是什麼陰謀，而是實實在在的陽謀！

哪怕是曹朋看出了其中奧妙，也不得不隨著陳宮的指揮棒轉動。

不給西門增加兵力，西門遲早告破；如果給西門增加了兵力，那麼東門的兵力勢必減少……

更何況，一開始曹朋並沒有看出這陰謀！

但是不得不說，曹朋的運氣不差。由於日間周倉的兵馬尚在休整，所以臨時將三百名徵召過來的新兵投注於西城門的守禦上。這也給陳宮造成一個錯覺，那就是曹朋手中已沒有兵馬調派，否則，他何必將新丁也推到戰場之上？

曹朋心裡暗自慶幸，慶幸自己沒有把周倉抽調上去，也慶幸自己提前一步覺察到了陰謀。

如果周倉和夏侯蘭交接，夏侯蘭的兵馬到了西校場，再想上陣，戰鬥力至少會減少三分之一。從緊張的戰場上下來，誰不想好好休整？可沒等吃一口熱飯便急匆匆再上戰場，其士氣自然低落。

慶幸，真是慶幸……

曹朋和周倉帶著人，才跑到長街三分之二的距離，就聽到從東城門方向傳來一聲轟響。

遠處，煙塵激盪。

「城塌了！」

兵卒們的驚呼聲不斷傳來，曹朋急了，連忙加快速度，玩命似的衝向東城門。

此時的東城門，亂成一團。潘璋鏖戰一個白晝，已經是精疲力竭，便換由鄧範來值守。問題是，鄧範打仗可以，但指揮兵馬明顯不足，以至於當陳宮和曹性調集大軍，以白晝數倍的火力發動攻擊的時候，鄧範慌了！

他和曹朋的情況不同，曹朋畢竟有一個近三十歲的靈魂，加上前世的刑偵經驗，又經生死輪迴，使得曹朋比之同齡人要沉穩、要冷靜許多。而鄧範，那是實打實的少年。長這麼大，他何曾有過這種經歷？於是，當發現下邳軍的攻擊突然加強以後，鄧範頓時就懵了！

此前，他協助潘璋尚可穩住。這會兒潘璋不在，他一個人不免有些不知所以然……只一輪攻擊下來，東城的城牆便出現倒塌。

當然，這裡還有一個問題！那就是東城的城牆，相對於西城有所不如。曲陽西高東低，東城外是一個明顯的窪地，土質也相較西城鬆軟些。表面上看，兩邊城牆差不多，可實際上呢，東城遠不如西城的堅厚。

曹性在昨天就發現了東城的問題，所以才提出了猛攻東城的計畫。

但是陳宮的『聲西擊東』之計，無疑更加穩妥。白晝時呂吉的攻擊雖然不利，卻進一步使東城城牆虛弱。入夜之後，只一輪礌石，便轟塌了東城城牆。鄧範一時間也不知如何是好。

早已蓄勢待發、做好準備的下邳軍，立刻蜂擁而上，向缺口處湧去。而城頭上跟著出現了慌亂，鄧範也不知道是應該先射箭、擊退下邳兵，還是應該先填上缺口。

主將的不知所措，使得城上的兵卒也陷入慌亂中……

眼見著越來越多的下邳兵卒湧到缺口，曲陽城破在即的時候，曹朋終於趕到了東城門下。

「大熊，填堵缺口！」曹朋在城下，嘶聲吼叫。

「兄弟們休要慌張，我在這裡……立刻還擊！」曹朋的叫喊聲，在城門樓上空迴盪。

這些日子，大家都已熟悉了曹朋的聲音，以至於聽到曹朋的叫喊聲，慌亂的心情立刻平靜下來。

鄧範也回過神來，連忙吼叫道：「填堵缺口！」

「周倉，帶兩百人登城，放箭！」

「喏！」周倉二話不說，立刻帶領弓箭手衝上城牆。

曹朋則一馬當先，舞刀衝向入城的下邳兵面前。河一大刀掛著一股風聲，當頭劈落下來，那首當其衝的下邳兵是一個都伯，見曹朋那稚氣未脫的模樣，不由得獰笑一聲，擰槍相迎。

刀槍交擊，鐺的一聲響。沉甸甸的大槍盪開，都伯頓時中宮畢露。曹朋咬著牙，腳下也不停頓，風一樣的從都伯身邊衝過去，河一大刀順勢一掃，將那都伯四分五裂！殘肢斷臂夾雜著臟器散落一地，曹朋人已衝進亂軍之中。

一枚鐵流星發出，正中一個下邳兵的面門，把那下邳兵的眉骨砸得凹陷進去，七竅流血倒在地上。兩擊斬殺兩人，手段顯得極為凶殘。曹朋此時此刻，猶如一頭下山的猛虎，在亂軍中肆虐縱橫，所到之處刀光閃閃，血霧噴現。

一百名海西兵旋即投入戰鬥，雖然下邳兵不斷湧進城中，卻被殺得連連後退。前面的人往後退，後面的人往裡面衝，缺口處一下子人滿為患。

只聽城門樓上傳來鄧範的怒吼聲：「投石，填堵！」

轟隆隆！沙袋、木樁混著石頭從城頭上砸落下來，被擠在缺口處的下邳兵慘叫連連……

煙塵翻滾，幾十名下邳兵眨眼間就變得血肉模糊，成為填堵缺口的一塊材料。一名下邳兵的身子被木樁穿透，還壓著幾十個沙袋，只留下一隻腿在外面，一抽搐，一抽搐……

「不要慌，大家不要慌！」

潘璋被驚醒，也登上了城頭，與周倉和鄧範兩人一起，一邊指揮弓箭手射箭，一邊瘋狂的砍殺那些登城的下邳軍卒。

曹朋在消滅了城內的下邳兵之後，也帶領著兵卒跟著登城。

就在他剛登城的一剎那，城頭的海西兵發出一連串雀躍的呼喊：「公子來了，公子來了！」

東城門外，陳宮的臉色頓時大變。

「該死……我們上當了！」

沒錯，他應該算是上當吧。不過卻不是曹朋設計的，純粹是曹朋的無意之舉，使得陳宮做出了一個錯誤的判斷。他看著城頭上晃動的人影，怒由心生，不由得從戰車上縱身躍下來。

長這麼大，除了當初曹操之外，還沒有人能似曹朋這樣子令他感到憤怒。

在陳宮看來，他受到了羞辱……

「攻城，攻城！」陳宮嘶聲吼叫，整個人如同瘋了一樣。

曹性上前把他抱住，「公台，不能再這麼打了……死傷太大，兒郎們已經疲乏了。」

「可、可是……」

「公台，聽我說，君子報仇，十年不晚。反正曲陽已是強弩之末，咱們休整一晚，明日再打……我就

## 聲東擊西



不相信，曹友學還能繼續堅持。」

陳宮咬牙切齒的站在城下，漸漸恢復了平靜姿態。

「叔龍，收兵。」

銅鑼聲響，下邳兵在經過一輪強攻之後，便停止了攻擊。

不得不說，這一戰對下邳兵而言，傷害挺大。明明破城在即，卻又被對方趕下城頭……一直都是這樣，小小的曲陽城，在過去兩天裡，猶如一隻打不死的小強，令下邳兵感到心寒。

陳宮握緊了寶劍。

曹友學，且讓你再活一日，看你還能撐到什麼時候！

夜色正濃，風徐徐。

陳登飲馬淮水南岸，看著月光下，搭建在淮水河面上的浮橋。

終於要開始了嗎?沒想到一個小小的海西縣，竟然把呂布逼到如斯地步，真是不簡單啊……

「太守，浮橋已經搭建完畢。」

「傳我命令，立刻渡河，務必要在今夜攻占淮浦縣。」

# 章二 爭分奪秒

黎明時分，朝陽升起。曲陽城頭和曲陽城外被清晨的寧靜所包圍，但是在寧靜之中，卻又蘊藏著無盡的殺機……

陳宮走出軍帳，伸了一個懶腰之後，正準備套上衣甲，卻見一名小兵急匆匆跑到了他的面前。

「軍師，將軍有請。」

陳宮點點頭，倒也沒有太過在意。在他想來，曹性一大早就找他，恐怕是商議今天的戰事。

曲陽雖然頑強，但已經是強弩之末。從昨天最後的表現來看，曲陽城中的兵馬也就在千人左右，其中有一部分新丁，戰鬥力並不強橫。陳宮認為，用不了多久，就能攻破曲陽。

所以，他換上衣甲，施施然來到中軍大帳。可是一走進軍帳，陳宮立刻感受到了一種不同尋常的氣氛，很壓抑，甚至有一絲絲的凝重。他疑惑道：「叔龍，怎麼回事？」

「剛得到消息，廣陵太守陳登，於昨夜渡過淮水，攻破淮浦。」

激靈靈，陳宮打了一個寒顫：「你說什麼？」

曹性壓低聲音：「陳登出兵了，就在昨夜攻占了淮浦……據探馬消息，廣陵方向出動約萬餘人，正在自淮水渡河。其先鋒人馬，由綱紀徐宣統帥，已從淮浦出發，約三千人，預計酉時之前就會抵達曲陽……公台，陳登出兵了！我們即便是攻破曲陽，也無濟於事……」

陳宮手中的寶劍噹啷一聲落地。呆立在軍帳中，他半天沒有說出一句話來。

陳登出兵了？陳元龍哪來的這麼大膽子，居然出兵渡過淮水？此前，陳登一直表現的很圓滑，雖沒有臣服呂布，卻也表現出了足夠的恭敬和配合。而今，他居然出兵，難道就不怕溫侯的報復？

陳宮畢竟是陳宮，不管後世怎麼評價此人，他終歸是這個時代最為頂尖的人物之一。腦筋一轉，他立刻把許多散亂的線索聯繫在了一起：陳登之所以敢出兵，絕不是因為海西的緣故。單憑一個海西，他陳元龍還不敢和呂布撕破面皮。不是海西，那就只剩下……

「曹操，出兵了嗎？」

「你說什麼？」曹性嚇了一跳，連忙起身詢問。

「若我猜得不錯，素來左右逢源、不肯表露態度的陳登，此次突然出兵渡過淮水，是因為曹操。曹操他……要出兵了！」

曹性不是傻子，哪裡還聽不出這話語中的含義。

沒錯，若不是曹孟德出兵徐州，陳登哪來的膽量和呂布作對？如果他真有這種膽氣，早就和呂布撕破面皮，何至於早先唯唯諾諾、一副恭敬模樣？他出兵，只有一個可能，那就是曹操也要出兵徐州，甚至有可能曹操已經出兵，此時已經兵發徐州境內，逼近下邳。

怎麼辦？曹性和陳宮相視無語。

半晌後，曹性艱難說道：「公台，我們收兵吧。」

這句話出口，顯得格外艱難。歷時兩天，損兵折將，眼看著曲陽馬上就會被攻破，卻不得不收兵離去，無功而返。也就是說，此前攻打海西已然變成了一個笑話。原以為海西唾手可得，沒成想百萬斛糧草未得，卻白白損失近萬兵馬。這種事情不論放在誰身上都承受不起，更何況是曹性？

他甚至在內心裡暗自責怪陳宮，好端端打什麼海西縣，如今卻落得一個進退兩難的地步。

就這麼退走？平白惹人恥笑……

可曹性又不得不暗自讚嘆陳宮的先知先覺：若非公台，怎知那小小海西竟強悍如斯？幸虧這次攻打海西，才知其根底，否則他日與曹操對決時，海西發難，必然使主公腹背受敵。

雖說沒有打下海西，可現在知道其厲害，至少能有所防備了……

曹性也好，陳宮也罷，此時此刻都各懷心思。

片刻後，陳宮輕聲道：「收兵，咱們立刻撤回下相。」

「我立刻下去吩咐。」

「慢！」陳宮想了想，對曹性說：「叔龍，陳登渡淮水，不可與軍中知曉，否則軍心必亂。咱們退兵，但不能隨隨便便撤退，還需要繼續攻打曲陽。」

「繼續攻打曲陽？」曹性詫異的看著陳宮，有點想不明白這其中的奧妙。

「咱們如果這麼退了的話，以曹友學之能，難保他看不出端倪。到時候，他如果率部追擊，我們豈不是要陷入麻煩？所以，我們必須先打，打得曹友學無法做出反應，而後丟棄所有輜重，迅速撤離曲陽。午時之前，最後一批人馬撤離曲陽，而後迅速返回下相。還有，通知文遠，命他棄守徐縣，迅速向下相靠攏，咱們可合兵一處。到時候，下邳、下相遙相呼應，也可令曹操分心……他曹友學此次使出什麼招數，我就還給曹操。」

「甚好！」曹性連連點頭。

不得不說，陳宮的應變很快。從曲陽之戰，已迅速轉換到了下邳的戰事上。

「那，就由我來斷後。」

陳宮說：「我與子善直接返回下邳，請君侯早做準備。叔龍退守下相，需儘快與文遠會合。」

「喏！」

「那我們立刻分頭行事。」

建安三年九月初七，陽光格外明媚。

和風徐徐，吹拂在身上，頗有幾分舒適的感受。在寒冷的冬天即將到來之前，能遇到如此好天氣，並非一件容易的事情。可是在曲陽城下，卻絲毫感受不到半點安逸，甚至很血腥。

轟！一顆礌石轟在城牆上。站在城頭，曹朋可以感受到腳下的地面在輕輕顫抖。

「不對勁！」曹朋忽然站起身來，舉目向城下眺望。

遠處，下邳軍軍陣整齊，拋石機幾乎全部集中在了西城門外，足足有五十餘臺。似乎經過昨夜激戰後，下邳軍改變了主意，把所有的兵力和攻城器械全都放在西城門外。

那架式，就是要猛攻西城門。

可曹朋還不敢輕易從東城門抽調人馬，因為保不齊，陳宮再來一個聲東擊西。所以，潘璋、鄧範和周倉三人全都集中在東門城頭，同時保證其兵馬有四、五百人上下，這就使得西門城頭上的兵力相對減少。

好在經過昨晚的一場歷練，那些新兵蛋子們已經沉穩了許多。

要不怎麼說，不經歷戰火硝煙，永遠不可能成為一個好兵。當然了，新丁們距離曹朋心目中『好兵』

的標準尚早，但至少不會在下邳軍發動攻擊的時候，再慌亂成一團，平添亂象。

「公子，小心點。」楚戈揮矛磕飛了一枝飛向曹朋的流矢，大聲提醒。

曹朋擺了擺手，似乎並不是很在意這些流矢。他凝目觀察，半晌後大喊一聲：「子幽，過來。」

夏侯蘭提著丈二龍鱗，飛快來到曹朋身邊。「公子，有何吩咐？」

「情況有點不太正常。」

話音未落，一顆礌石越過城頭，正砸在城門樓上的門廳大門上。那礌石上裹著枯草，烈火熊熊，滾進門廳後，立刻引起了一場小小的火災，不過旋即被楚戈指揮人手，將火勢撲滅。

「今天下邳狗的攻擊，很凌亂。」

「是嗎？」夏侯蘭看了一眼還在冒煙的門廳，那意思是在問曹朋：這如果還凌亂的話，什麼叫做不凌亂？

「別問我，我只是覺得下邳狗的攻擊，似乎沒有什麼壓力。」

按道理說，經過一夜休整之後，下邳軍的攻擊應該很猛烈才是，可是從目前的態勢來看，曹朋絲毫感覺不到昨天或者前天那種令人窒息的壓迫感。不能不說下邳軍攻擊不猛，從他們的箭陣和拋石機彈射的密度而言，似乎比前兩日更加凶狠。問題是，下邳軍的士卒似乎少了那種悍不畏死的氣質，每每靠近城頭，城上一頓箭矢下去，他們便迅速撤退，根本沒有衝鋒的意圖。

這讓曹朋感覺下邳軍是在應付。而且，拋石機拋擲的礌石看似密集，可殺傷力遠比不得前兩天。之前下邳軍的礌石有五成可以擊中城頭，或者飛躍城頭，而今天，好像不足三成。許多礌石還沒等飛到城頭上便開始墜落，大多數礌石都是直接掉在西城門的外面……難不成拋石機也出了問題？

「準備，拋射！」眼見著下邳軍再次蜂擁而至，王旭大聲喝令。

「慢！」

曹朋突然出言制止，使得王旭和夏侯蘭情不自禁露出疑惑之色。

有時候，男人的第六感也很敏銳。曹朋接過一面盾牌，立在城頭上，以遮擋射來的流矢，仔細觀察下邳軍的舉動。漸漸的，他皺起了眉頭……下邳軍不緊不慢的靠攏過來，可是不等城樓上進行反擊，便停住了腳步，開始向後撤退。也就是說，他們沒打算要強攻？

「看到了沒有？」

夏侯蘭和王旭也算得上是久經戰陣的人物，之前他們沒有留意到這一點，此時被曹朋一提醒，馬上看出了端倪。

「下邳狗，莫非是想要消耗我們的箭矢？」王旭說出了一個可能。

但夏侯蘭馬上反駁：「不可能！若想要消耗箭矢，我們剛才沒有迎擊，他們應該衝上來才是。」

抬起頭，曹朋看著湛藍的天空，片刻後突然一聲大叫：「不好，他們要跑！」

「跑？」

「他們是準備撤退……」

夏侯蘭和王旭面面相覷，不知所以然。

這時候，下邳軍的陣營中傳來一陣銅鑼聲響，下邳軍鳴金收兵。

曹朋說不出是什麼原因，只是隱隱約約感覺下邳軍今天這反常的舉動，似乎很有問題。

前世，曹朋曾受樣板戲的薰陶，所以印象很深刻。樣板戲中有一部電影，名叫《南征北戰》，裡面就曾出現一個情節，當一方準備撤退的時候，便開始胡亂放炮，漫山遍野的根本就沒有任何目標。眼前的景象，與電影中何其相似？

可是，下邳軍為什麼要撤退？

曹操……一定是曹操出兵了！

曹朋雖然記不清楚曹操是在哪一年幹掉了呂布，但他記得，幹掉呂布似乎就是在他第三次征伐宛城之後發生的事情。如今，第三次宛之戰已經結束了，那麼接下來，就是攻伐徐州。

算算日子，秋收已經結束。許都今年屯田，也是一個大豐收，所以曹操並不需要擔心糧草緊缺的問題……那麼征討呂布也就迫在眉睫。

對，只可能是這樣……曹朋一下子想清楚了其中的關鍵，忍不住興奮的一拳擂在城垛上。

陳宮，你這一次算不算是偷雞不成蝕把米？想攻打海西，卻在這曲陽城下，損兵折將？

「傳我命令，命潘璋、周倉、鄧範三人，徵調二百精卒。子幽，你也整頓人馬，抽調出一百精卒，聽候調遣……王旭集結兵馬，準備守衛城池。」

「公子，你打算做什麼？」

「下邳狗要逃跑，我焉能就這麼放過他們？」

「可是……」

「你們不要問為什麼，聽我命令。」

「喏！」曹朋既然發出了軍令，那麼夏侯蘭等人也不好繼續阻攔。

從水桶裡舀了一碗清水，曹朋一口氣喝了個乾淨……被陳宮狂攻兩日，曹朋這心裡面同樣是很不舒服。如今，戰事出現了轉機！曹操終於出兵徐州，曹朋又怎可能放過這麼一個機會？

「追擊？」

周倉等人聽罷了曹朋的命令之後，一臉茫然。他們看著城外下邳軍大營中升起的嫋嫋炊煙，有些疑惑的看著曹朋。

「我不知道該怎麼與你們解釋，但我可以肯定，下邳狗已經開始撤退。我們現在追上去，正可以痛打落水狗……」

「可他們明明在埋鍋造飯啊！」周倉手指城外兵營，那意思是說：你看那炊煙，怎可能是撤兵？

「要不然，我帶人先下去打探一下？」夏侯蘭猶豫了一下，輕聲說道。

曹朋知道，如果不讓這些人心服口服，只怕是不會盡力出擊。他想了想，點頭答應下來……

旋即，夏侯蘭帶著五十個精卒，從城頭上吊了下去，往下邳兵營靠近。

曹朋道：「咱們也下去。」

「可是……」

「子幽已經下去了，萬一有什麼事情，咱們也可以接應嘛。咱們就在城下等候，如果兵營中無人，咱們就立刻追擊；如果還有兵馬鎮守，咱們也可以迅速登城，順便還能接應子幽。」

周倉幾人交換了一下眼色，便同意了曹朋的主意。

兩百多人從城頭上吊下去，當曹朋雙腳落地，正準備命人結陣的時候，夏侯蘭出現在下邳軍兵營的門口，大聲叫道：「公子，是空營，是一座空營！」

「我操……」曹朋不禁破口大罵：「我就知道那陳公台會金蟬脫殼，果然如此……兄弟們，建功立業就在眼前，立刻隨我出擊！」

# 章四

# 奇兵

建安三年九月初六，曹操決意征伐呂布，親率大軍東征徐州。

對於曹操討伐呂布的行為，許都方面的意見並不統一。許多人都認為，劉表、張繡尚未消滅，曹操如果率部遠襲呂布，許都必定會出現危機。不過也有人認為，此時是討伐呂布的最好機會。

尚書荀攸說：「劉表張繡，新近受創，不敢有所舉動。呂布驍勇，又與袁術相勾結，若任由其縱橫淮水泗水之間，時間越久影響越大。如今趁他剛與朝廷決裂，軍心不定，大軍此時出擊，可將呂布一舉擊破。更何況，主公有海西可為內應。海西今年屯田豐收，更收攏三萬海民，人口愈眾。其在海西牽制，可助主公一臂之力。」

對於海西豐收的事情，曹操也有所耳聞。

海西的發展，說實話出乎曹操的預料。原本想命鄧稷扎根海西，卻不想海西已成為東海畔一顆璀璨明珠。百萬斛糧草，可以讓曹操征伐徐州無後顧之憂，甚至不需要去擔心糧草運輸。行軍打仗，最頭疼的就是糧道的安全，距離越遠，糧道就越不安穩。海西的出現，無疑使曹操有了穩定的糧道。有充足糧草的供應，曹操消滅呂布的決心也就越發堅定起來。

荀攸的分析，正合了曹操的心意。於是他果斷下令出擊，命裨將軍徐晃自泰山郡出擊，命夏侯惇從碭山出擊，命劉備攻伐沛國。三路大軍齊發，直逼彭城。

戰事在一開始，也進行的很順利，徐晃在泰山郡降呂布部將趙庶、李鄒兩人後，打開了泰山郡大門，一路橫掃，馬不停蹄直逼彭城，並擊潰臧霸所部。

一時間，徐州風聲鶴唳！

看著空蕩蕩的下邳軍大營，曹朋越發判定，曹操出兵了……

如果不是這個原因，那麼陳宮、曹性在戰局如此占盡優勢的情況下，怎可能匆匆忙忙的撤兵？之前的攻擊，不過是掩人耳目。此時，營中一座座尚冒著炊煙的火灶，已說明了一切。

夏侯蘭一臉羞愧之色，走到曹朋的跟前，「公子，未料得下邳狗撤退的竟然如此迅速……」

想之前曹朋要追擊，夏侯蘭等人紛紛阻攔，唯有鄧範表示贊成。此時，眾人一個個都低著頭。

曹朋忽然一笑，「諸君，何故垂頭喪氣？」

夏侯蘭等人抬起頭，疑惑不解。

曹朋笑道：「我們贏了，對不對？不管下邳狗是什麼原因撤走，我們打贏了！曲陽保住了……」

是啊，我們贏了！

既然贏了，又何必垂頭喪氣？

曹朋道：「立刻通報城內，讓大家高興一下。不過，下邳人馬匆匆撤走，還要出了這麼一手金蟬脫殼之計，他們越是如此故弄玄虛，就越是說明他們急於撤離。當務之急，我們必須要儘快和甘寧取得聯繫，並以率部追擊。不可以跟得太緊，那勢必會遭受他們的還擊；也不可以放得太遠，保持對下邳軍的壓力，而後一鼓作氣，將其擊潰……諸君，建功立業，就在此時。」

其實曹朋也知道，仗打到了這個地步，士卒們已經很疲憊了。不僅是士兵疲憊，包括周倉、潘璋等人，也處於疲憊的狀態之中。而且，追擊戰靠的是速度，曹朋想要追擊曹性和陳宮，面臨最大的問題就是沒有馬匹。徒步追擊，勢必令士卒更加辛苦，但事到如今，曹朋已經沒有其他選擇……

潘璋等人聽聞，一個個躍躍欲試。旋即，曹朋將三百兵卒分配下去，夏侯蘭、周倉、潘璋、鄧範四人各帶五十人，而曹朋親率百人，帶上一頓乾糧，即刻追擊下邳人馬。同時，又命王旭火速與甘寧、鄧芝聯繫，命他二人進行追擊。

甘寧和鄧芝手中的兵馬也不會太多，但好在他們全都是騎兵，加之曲陽兩日鏖戰，甘寧和鄧芝並沒有參與其中，屬於生力軍……他二人追擊，可以最大可能的對下邳軍造成傷害。

沒錯，貂蟬對曹朋有恩義。這一點，曹朋並沒有忘懷！

但恩義歸恩義，如果呂布不主動來挑釁，曹朋絕對不會這樣窮追猛打。

不管曹操是否出兵，曹朋都必須要最大可能的打痛呂布。唯有將呂布打疼了，海西才有可能獲得安寧；另一方面，唯有顯赫的戰績，才可以令陳登正視自己，而不是被當成一枚棄子。

所以，於公於私，曹朋都要追擊，也必須追擊……

離開下邳的時候，陳宮也許沒有想到，一場在他看來應該是輕而易舉的戰鬥，最終卻是以這樣一種方式收場。

當曹性指揮人馬佯攻曲陽的時候，陳宮已率部離開曲陽。

呂吉一臉不快之色，一路上沒有和陳宮有過一句交談。也難怪，昨天被陳宮忽悠了一把，原本以為自己會先登曲陽，沒想到被陳宮一個乾坤大挪移，活生生受了一次欺騙。也幸好陳宮沒有破城，否則呂吉心裡面會更不舒服。但即便是這樣子，他也感受到了陳宮對他的態度。

原來，並沒有他想像的那麼美好！

一直以來，呂吉都認為陳宮會支持他……可現在看來，陳宮從來沒有把他放在心上。此前所表現出來的種種尊敬，不過是一種虛幻的表象而已。也許在陳宮的眼中，他就是一個小丑，在下邳上竄下跳，看上去很可笑吧。

一路上，呂吉都很沉默。他在考慮自己的未來，也許繼續留在下邳，並不是一個好的選擇。

下邳軍撤離曲陽後，一路垂頭喪氣。陳宮雖然知道，卻也沒有辦法，只能等抵達下相之後再做調整。畢竟，他現在要先趕回下相。

曹性在曲陽城外佯攻結束，使出了一招金蟬脫殼，順利撤出曲陽戰場。留下來斷後的兵馬，大都以騎軍為主，所以曹性很快便趕上了大隊人馬，一路向下相急行。

「軍師，可曾派人前往徐縣？」

「撤離曲陽時，我已命人往徐縣通知文遠，並命他迅速回撤。想必咱們抵達下相時，文遠就可以得到消息，最遲後日凌晨，便可以帶領兵馬返回下相吧。」

曹性點點頭，自言自語道：「若文遠返回，則陳元龍不足慮。」

陳宮微微一笑，目光則有意無意般，朝呂吉掃了一眼。「叔龍，盯著子善。」

「子善？」

「那孩子，好像有些不太正常。」

陳宮畢竟是陳宮，即便是在撤退的路上，也不會放鬆警惕。

呂吉的沉默，讓陳宮感到了一絲異常。如果呂吉大喊大叫，甚至對他破口大罵，他說不定還不會在意。偏偏這沉默，使得陳宮有一種異樣感受：這孩子，莫不是懷了不一樣的心思？

換作陳宮，如果似呂吉那樣被擺了一道的話，也會感到憤怒。

不過，憤怒又能如何？

陳宮才不會把呂吉看在眼中，更不會在意他那點小小的憤怒。只不過，呂吉的沉默，讓他有些擔憂。仔細回想，自己在曲陽是不是有些過分呢？畢竟呂吉在名義上，是呂布的兒子。

但轉念一想，陳宮旋即把那點愧疚拋在腦後。

過分又能如何？這麼一個總是野心勃勃的小子，不好好敲打一番，他焉能知道好歹？

想到這裡，陳宮也就釋然了，讓曹性派人盯著，想必那呂吉也鬧不出什麼花樣。等返回下邳之後，他想鬧騰也不太可能。當務之急，還是儘快返回下相吧。

於是陳宮和曹性商量了一下，再一次催動人馬，提快了行軍的速度。

入夜後，下起了雨。這九月的雨水，格外寒冷。從祖水上游吹來的風，也很刺骨。衣服濕透，被風一吹，讓人直打哆嗦。

道路變得泥濘起來，也使得行軍速度變得緩慢。

「公台，讓軍士們休息一下吧，避避雨？」眼見著士兵們在寒風和細雨中瑟瑟發抖，曹性有些不忍，於是開口向陳宮建議。

陳宮搖搖頭，輕聲道：「不能休息……這種時候一休息，再想趕路，可就不是一樁容易的事情。要休息，咱們回下相休息。叔龍當明白，曹友學不會就這麼善罷甘休，他手中尚有一支騎軍，更有猛將統領，萬一追上來，咱們很難抵擋。所以當務之急，還是趕回下相……」

提起那支騎軍，曹性激靈靈打了一個寒顫。

如果陳宮不提起來的話，曹性甚至有可能把此事給忘記了……

雖說這撤退的路上一直風平浪靜，甘寧也沒有出現阻攔，可這並不代表甘寧會坐視他們撤離。想必到現在也沒有出現，是因為兵力懸殊的緣故。曹性甚至感覺到，那甘寧就好像一條毒蛇似的隱藏在暗處，只要自己露出半點懈怠，他就一定會出現，給予己方致命打擊。

看著疲乏的軍卒，曹性心有不忍，可是他更知道，陳宮的擔心並不是沒有道理。

在這種情況之下，軍卒們一旦懈怠下來，再想要緊張，就很困難。

他咬咬牙，大聲喝道：「傳我命令，三軍加快速度。一應不必要的輜重可以拋卻，只攜帶兵器，務必要在天亮之前趕回下相。若有遲疑、拖沓、動搖軍心者，就地格殺，絕不饒恕。」

似乎也只能這樣子了……

不過曹性還是給予一些獎勵，「返回下相之後，每人賞米一升。兄弟們，回去後再好好休息。」

陳宮一蹙眉，但旋即又點了點頭。

下邳的糧草，雖說算不得充足，但一時半會兒還可以堅持，至少可以堅持到來年……如今只剩下五千多人，一人一升米，也就是五百多斗，合計五十斛而已。這點消耗，下邳還堅持得住。

如果花費這五十斛米，能使得五千人儘快返回下相，倒也算不得損失。

但是，丟棄在曲陽城外的那些輜重，又何止五百斛、五千斛？所以陳宮並沒有開口阻止曹性。

一人一升米，聽上去並不多。可是要知道，下邳的糧價如今是何等驚人，能得一升米，至少能飽餐一頓，誘惑力並不算小。

軍卒們聽聞之後，行軍速度明顯加快。

過子夜後，距離下相也只剩下十五里的路程。曹性命人趕回下相，通知下相官員收整營地，準備飯食，以安撫軍卒長途跋涉的辛苦。

同時，陳宮也準備告辭：「叔龍，我就不回下相了。」

曹性愕然道：「軍師要去哪兒？」

「我帶人連夜返回下邳，以告之君侯，使君侯早做準備。你留守下相，接應文遠……記得，要儘快和文遠會合，到時候做好準備，以阻止陳登兵馬。」

曹性連忙點頭道：「請軍師放心，有曹性在，絕不使陳登過下相半步。」

陳宮微微一笑，在馬背上和曹性拱手道別，他帶著呂吉和本部數百人，急匆匆沿大路趕往下邳。而曹性在目送陳宮離去之後，則招呼人馬，加快行進速度。

回到下相，定要好生睡上一覺才是！

細雨迷濛，在夜色中，猶如一片水霧浮游於空中，使得這視線變得極為模糊，不太清晰。

遠遠的，可以看到下相的城池輪廓。但是城中沒有燈火，漆黑一片，給人一種死氣沉沉的古怪感受，更讓人毛骨悚然。

城門，緊閉！

曹性不由得眉頭一蹙，催馬到了城下，高聲呼喊：「城上何人值守，還不速速打開城門？」

「城下是何方兵馬？」

「某家曹性，周逵為何不出城迎接？」

「啊，是曹將軍啊！」

城頭上頓時閃動光亮，很快的火把便連成了一片。

一個小校從箭樓垛口探出頭來，操著一口極為流利的下邳方言道：「將軍勿怪，周縣令已得到了通知，只是擔心有詐，故而緊閉城門。周縣令正在整理校場兵營，請將軍稍等片刻。」

曹性一蹙眉，強壓著火氣，勒馬於城下。

這周逵怎麼變得如此小心？明知道我回來了，還搞什麼城門緊閉？

他回頭看了看身後的兵馬，見軍卒們在風雨中，一個個臉色發青，抱著膀子瑟瑟發抖。在這種風雨交加的日子裡，著實是一種痛苦的等待。

大約過了小半炷香，城門還是沒有開啟。軍卒們竊竊私語起來，開始出現騷動……

曹性有些怒了，厲聲喝道：「城上人聽著，不管那周文龍是否找到，立刻給我打開城門……」

「可是……」

「再要囉唆，軍法伺候！」

城頭上一陣沉默，片刻後只聽城門後傳來一陣雜亂的聲響，緊跟著沉重的鐵門吱呀呀開啟。曹性有些等得不耐煩，不等城門完全打開，縱馬就衝向了城門。

可就在這時候，城門洞裡傳來一陣急促的馬蹄聲。那蹄聲，似金鐵敲擊地面，顯得極有節奏。一道白影驟然從城門洞中竄出，快如閃電，瞬間便來到了曹性的跟前。一口龍雀大刀，在火光中閃過一抹光毫，凶狠的朝著曹性劈了過來。

「曹叔龍，甘寧在此恭候多時！」

時間，兩天前。

地點，祖水上游。

人物，甘寧、鄧芝……

「興霸，欲解曲陽之危，你我可兵分兩路。」

甘寧疑惑的看著鄧芝，「如何兵分兩路？我們手裡兵馬本就不多，若再分兵，豈不是更難做？」

鄧芝說：「兵分兩路，我獨自一人，即刻返回海西。海西縣尚有數百屯兵，我請叔孫出兵，馳援曲陽；不過，海西能給予的支援，恐怕也不會太多。雖說海西現有八萬百姓，但未有過訓練，本來打算今冬練兵，沒想到呂布突然出兵，壞了叔孫的計畫。臨時徵召，也需要時間。所以海西援兵，最多可令友學多堅持幾日。真正的援兵，還在於你。」

「在我？」甘寧雙目微合，露出沉吟之態。

「我如何援救？」

遠處，下邳軍攻打曲陽正猛，喊殺聲隱隱約約傳來。

「打下相！」

「啊？」

「曹性是呂布屯守下相的主將，此次宋憲六千兵馬全軍覆沒之後，曹性必傾巢而出。所以，下相此時必守禦空虛，不論陳宮還是曹性，都不可能想到我們在這種時候有膽略奇襲下相。」

「我聽說下相長周逵徒有虛名，不足慮。只要拿下了下相，就等於斷了陳宮、曹性的後路，到時候陳宮必然分兵援救下相，曲陽之危自解。但是，奪了下相之後，你將面臨巨大的危險。呂布一旦知曉，必然會出兵援救下相，你那時候將腹背受敵，所以奪取下相之後，你必須盡速離開下相，以避免全軍覆沒之厄。」

鄧芝此計，可以稱之為釜底抽薪。

下相（亦即今日宿遷）是下邳縣南面屏障，一旦被攻破，下邳就將直面敵軍，再也沒有轉圜餘地。而且，曲陽城外的糧草就源自於下相，下相被攻占，就等於斷了陳宮的糧道……

這個計策，不可謂不毒。

但同樣，身為奇襲下相的主將，甘寧將承受巨大的壓力。他不僅要速戰速決，奪取下相，而且還必須堅持到陳宮分兵，並且在適當的時間撤離下相。同時，甘寧還要面對下邳的反攻。

總之，這條計策很好，但風險也確實很大。

甘寧在沉吟許久之後，斬釘截鐵道：「欲解曲陽之危，唯有此計！」

刀疾，馬快！短短二、三十米的距離，照夜白連續加速，使得甘寧的氣勢在瞬息間達到了極限，手中龍雀掛著一股罡風，撕空厲嘯。那口大刀沒有任何花俏，但是卻把曹性完全籠罩在刀勢中。

不過，曹性也非庸手！身為八健將之一，自然有他過人的本領。

論武藝，曹性在張遼、臧霸等人之下，但也算得上一流武將。

能射瞎夏侯惇的眼睛，又豈能是等閒之輩？他少年從軍，隨呂布東征西討，經驗極其豐富。對於危險，有著非同尋常的敏銳。

所以當甘寧從城門洞裡衝出來的一剎那，他已經覺察到了危險，本能的將手中大槍橫在身前，向外封擋出去。只是一個是蓄勢而發，一個則是匆忙應戰，曹性雖然擋住了甘寧的龍雀大刀，可是卻被那大刀上蘊含的巨力震得雙臂發麻……

甘寧一刀落空，二話不說，大刀撲稜一翻，貼著曹性的大槍，往橫裡就抹了出去。這一刀如果抹中，曹性的手就沒了。嚇得曹性連忙鬆開一隻手，大槍翻轉準備在二馬交錯時刺出。

哪知道，他的速度快，甘寧更快。

照夜白在與曹性戰馬錯身的一剎那，猛然加速。不等曹性的大槍刺出，甘寧就到了他身邊，在馬上探出手來，蓬的一下子攫住了曹性腰間大帶。甘寧大吼一聲，單手將曹性從戰馬上拎了起來，旋即蓬的摔在地上。

這一摔，甘寧用上了幾分巧勁兒，把曹性摔得全身骨頭架子好像散了一樣，躺在地上腦袋裡一片空白。等他回過神的時候，十餘名兵卒已經一擁而上，明晃晃大刀就架在了他的脖子上。

「某家甘寧在此，爾等主將已被俘虜，爾等還不立刻棄械投降，更待何時！」

甘寧橫刀立馬，於城門口厲聲喊喝。同時，下相城頭呼啦啦湧出百名軍卒，一個個手持強弓硬弩，就對準了城下的那些下邳兵。

下邳兵先是匆忙撤退，而後又趕了一天的路，早就困乏交加、無精打采，又在城下淋了一陣雨，吹了一陣風，一個個甚至連兵器都拿不穩。眨眼間，自家主帥已成為人家的俘虜，而下相城又被對方占領……

曲陽兩天的猛攻無果，使得下邳兵對海西兵馬產生了一種莫名的恐懼感。諸多因素夾雜起來，當城頭上海西弓箭手出現時，下邳軍頓時膽戰心驚。

「休要放箭，我等投降！」有下邳兵實在是堅持不住，把手中兵器往地上一扔，撲通跪坐旁邊，雙手抱頭。

「棄械不殺！」下相城樓上傳來一聲聲厲喝。

於是，越來越多的下邳兵丟了兵器，乖乖的坐在泥水裡，一動也不動。

曹性被幾名強壯兵卒死死的壓在地上，抬起頭向城外看了一眼，心裡也不禁為之一陣苦笑。

「讓曹友學來見我！」他突然大聲喊道。

甘寧撥轉馬頭，到了曹性身前，冷笑一聲道：「想要見我家公子？那就先老實一點。」說罷，他一擺手，一名軍卒上前照著曹性腦後就是一拳，把曹性打得昏迷過去。

「帶下去，給我把他看好。」

「喏！」

甘寧說完，便指揮人手安頓那些俘虜。他手中兵馬並不多，一共也就兩百六十多人，他抽出六十人看押降卒，同時又使人送來還冒著熱氣的粥水。

這幫子降卒，可不好打發。他們人數占優，而且又經過一場搏殺，算得上是一群老鳥，所以不能太過於壓迫，給他們一些熱粥，而後又關進了校場之中，安排乾燥的營帳使他們能夠老老實實的休息……只要在天亮前他們保持穩定，甘寧就算完成任務。

到時候，他帶著人撤離下相，而這些降卒……已非他需要考慮的事情。

事實上，甘寧也沒有想到下邳軍會回來的這麼快。當得到探馬消息，說是下邳軍正回撤下相之初，甘寧甚至想立刻棄城而走。畢竟兩百多人和五千多人，這個差距實在是太大了！

壞，就壞在曹性派出的斥候。

甘寧這才知道，原來陳登出兵，渡過了淮水，所以才使得下邳軍撤離曲陽。

既然如此，那他就不客氣了……

甘寧也是藝高人膽大，在思忖片刻後，便得出了這批下邳兵已無多少戰鬥力的結論，於是決定留在下相，探一探虛實。只是沒想到，居然擒下了曹性，使得他兵不血刃，取得勝利。

「立刻命人趕回曲陽，請公子做出決斷。」

甘寧旋即拿定了主意，派出斥候，往曲陽方向稟報。

同時他又命人在城裡安撫百姓，穩定了局勢之後，這才返回下相的府衙之中，命人把曹性帶上來。有些事，他必須要問清楚。

曹性此時已經醒來，被繩捆索綁，帶到了衙廳之中。

「敗軍之將，見到某家為何不跪？」甘寧高踞堂上，虎目凝視曹性，厲聲喝問。

曹性昂首冷笑道：「區區小將，不過靠著偷襲取勝，算得什麼英雄？曹某堂堂大丈夫，焉能跪你這等小人？」

「靠著偷襲取勝？」甘寧說：「爾等也不過是仗著人多勢眾，作耀武揚威之徒。以八千之眾，卻攻不下曲陽千餘兵馬的小城。如今被我擒下，你還有臉自稱『大丈夫』邪？」

一句話，曹性不禁面紅耳赤。不過他仍舊是一副不屑之色，冷哼一聲。

甘寧怒道：「曹叔龍，莫非以為我手中寶劍不鋒利嗎？」

「要殺就殺，何來許多廢話。」

「你……」甘寧呼的站起來，伸手握住了寶劍。

他盯著曹性，而曹性也昂著頭，看著甘寧，臉上不露半點懼色。

許久，甘寧突然笑了，「曹叔龍，你們擅起刀兵，如今卻如喪家之犬。你不是不服氣嗎？好，且待我等殺了呂布，再看你有甚話說。來人，把他帶下去，給我把此獠嚴加看管，不得懈怠。」

「喏！」有軍卒進來，拖著曹性就走。

曹性一邊掙扎，一邊破口大罵：「甘寧，無名小卒，也敢口出狂言！待他日我家君侯兵臨城下，取爾狗頭！」

「甘司馬，何不殺了此人？」有小校忍不住勸道。

甘寧搖了搖頭，輕聲道：「這曹性不管怎麼說，與公子也有些交情。是殺是留，還是待公子決斷吧。」

「公子何時能到？」

「想來，應該會很快吧……」

甘寧心裡不免有些猶豫。他想要立刻撤離下相，可又隱隱約約感覺著，把下相掌控於手中，意義極為重大。只是，他也不清楚能不能守住下相。以目前的形式來看，陳登已經渡過淮水，早晚會與下邳一戰。

不曉得陳元龍兵馬，何時可以抵達？

這下相要不要守，成為甘寧心中一個很糾結的問題。

他想要守，卻又害怕驚動了下邳。如果呂布領兵過來的話，他手裡這些人，還真就守不住。算了，還是看看再說。如果天亮之前公子可以抵達，那我就繼續堅守；如果公子無法抵達，而下邳方面有兵馬調動的跡象，我就立刻撤離。總之，這種時候，絕不可以逞一時之快。不過就算我走了，也要給那呂布一點小小教訓。

「去，把府庫中的桐油取出，一旦撤離，咱們就一把火，燒了這下相城。」

老子得不到下相，你呂布也休想復奪下相！

甘寧拿定主意之後，命斥候嚴密監視下邳方面的動靜。同時，他也緊張的在下相準備，以便隨時撤離。此次能奪取下相，倒是真虧了鄧芝的主意。下相果然是兵力空虛，曹性幾乎傾巢而出，甘寧率部抵達下相後，冒充是下邳兵馬，直接騙出了下相長周逵，而後一刀斬之。

殺了周逵以後，下相便失去了首腦。一千役隸和雜兵，又豈是甘寧的對手，幾乎沒有做出任何反抗，便乖乖的棄械投降。

可以說，甘寧是兵不血刃的拿到了下相城。可取下相容易，守下相難……就看曹朋的反應。

天將大亮時，甘寧已決定棄守下相。

就在他準備一把大火，讓下相城付之一炬的時候，忽聞探馬來報，說是曹朋率部抵達城外。

曹朋怎麼來得這麼快？

這還要從他開始追擊說起。

大約在傍晚時，陳登的先鋒部隊抵達曲陽城外。而率領先鋒人馬的，也是曹朋的熟人：徐宣。

徐宣和曹朋也算是老交情了，得知曹朋領人追擊曹性之後，徐宣二話不說，點起八百騎軍與一千步卒，步騎同時出發，連飯都沒吃，便離開曲陽。徐宣親率騎軍，在距離曲陽大約四十里外的地方，追上了曹朋。和曹朋商議一番之後，兩人都認為，應該繼續追擊下邳軍。

也不一定會造成多大的傷害，主要是要給予下邳軍足夠壓力，使其軍心不穩，到時候陳登率部上來，可以順勢奪取下相。於是，曹朋將手中三百兵馬交給了徐宣，從徐宣手中接過了騎軍的指揮權，率潘璋、夏侯蘭、周倉和鄧範四人，冒雨連夜追擊下邳軍。

沒想到在下相以南五十里處，曹朋抓到了甘寧的信使。

在得知甘寧已攻克下相後，曹朋靈機一動，便立刻做出了決斷。

曲陽兩日戰役，使得曹朋的眼界和心理都獲得了極大的提高，他隱隱約約掌握了一些捕捉戰機的要素。奪取了下相，就等於打開了通往下邳的南大門……下相城，絕不可以放棄！

於是，曹朋立刻命人通知徐宣，而後親率八百騎軍趕赴下相。

# 章四 奇兵

甘寧得知消息，頓時喜出望外。他率人迎出下相，拜見了曹朋之後，便返回下相城府衙。

此時，由於曹朋的抵達，下相城中已有兵馬過千人，加上徐宣的步卒一千三百人隨後就會到達，足以穩定住下相的局勢……

「公子，咱們下一步怎麼做？」甘寧不等曹朋坐穩，喘息一口氣，便急切的問道。

曹朋笑了笑，沉聲道：「既然已經占領了下相，那麼接下來，咱們務必要使張遼退回徐縣！」

# 章五

# 誰是誰非

呂布氣急敗壞的指著陳宮，半晌說不出一句話。

而陳宮，瘦削的雙頰透出一絲壞敗之氣，更顯陰鷙。衙堂上，一個小校瑟瑟發抖，匍匐在地上，連大氣都不敢喘。一旁的魏續、侯成以及呂吉等人，更好像石像般，閉目一言不發。

損兵折將，非但沒有復奪曲陽、攻下海西，反而丟了下相。

呂布怎麼也想不明白為什麼會出現這樣的局面。小小海西，為什麼在一夜之間變得如此強大？

「誰與我復奪下相？」

好半天，呂布才咆哮出聲。

此前曲陽被占領，魏續等人踴躍爭先。可現在，呂布吼叫了半晌，卻沒有一個人站出來。這讓呂布更加惱怒，指著衙堂上眾人，就想要發作……

「主公，末將願往。」坐在最末端的一員大將站起身來，插手洪聲道：「末將願領兵出擊，復奪下相。」

呂布抬頭看去，臉色不禁好轉許多。「若德循領兵，則曹家小子便不足為慮。」

「慢！」就在呂布準備下令之時，陳宮出聲阻止。

「君侯，如今局勢，切不可輕舉妄動。主公現在所要面對之敵手，已非是曹家小子，而是那廣陵陳元龍。非是宮小覷德循，若行軍布陣，決戰疆場，德循憑八百陷陣，便可擊潰陳元龍。然則如今局面，陳元龍坐擁下相，可憑藉下相堅城與我等周旋。陷陣長於野戰，而非攻城，如此貿然出擊，恐非上上之策啊。」

「況且，那陳元龍也非曹家小子可比。此人長於謀略，有神鬼莫測之能。德循雖沉穩而有度，可要想勝陳元龍，恐怕不是一樁易事。」

呂布大怒，「陳公台，敢亂我軍心？」

陳宮連忙上前，躬身道：「非宮長他人志氣，滅自家威風。陳元龍有謀，陳漢瑜更老謀深算，他們於此時出兵，絕非偶然舉措。德循善戰，且有謀略，但比之陳家父子卻有所不如……君侯，我們已經輸了兩陣，如果再輸一陣，只怕這下邳城內，眾心不安，會越發的不妙。」

說罷，陳宮又向高順道歉。

高順倒是沒有在意，只是剛才呂布點兵，卻無人站出來，所以他才挺身而出。

對於陳登父子，高順並不是不瞭解。他清楚自己的優勢，更明白陳登父子的厲害。如果是搏殺疆場，決戰兩軍之間，指揮得當，隨機應變，十個陳登他也不怕。可問題是，陳登不是一個武將，而是一個謀者，一個策士。如果比謀略，比誰的心眼多，高順絕非陳登對手。

所以，面對陳宮的道歉，高順也只是微微一笑。

呂布這時候，也冷靜了許多：「那該如何是好？」

「當務之急，還是應該先擊退曹操。陳登父子，還有那海西鄧稷、曹朋兄弟，不過鱗介之屬。真正能威脅到君侯者，還是那曹孟德。如果擊退了曹操，則君侯之聲威必然大漲，徐州一年之內必不復兵禍。到那時候，君侯自可親自領兵，將海西鄧稷兄弟、廣陵陳登父子拿下……那時候，君侯還可一統徐州。」

呂布慢慢坐下來，認真思考陳宮的這番言語。

的確，陳宮說的在理！

與曹操相比，陳登父子也好，鄧稷兄弟也罷，不過是小江小河裡的蝦米，真正能對他造成威脅的，只有曹操。曹操一日不退，陳登父子和鄧稷兄弟就不會消停，即便將他們擊退，奪回下相和曲陽，他們還可以重整旗鼓，捲土重來；但曹操如果被擊潰，整個廣陵勢必陷入混亂。到了那個時候，不管是陳登還是鄧稷，不就成了他盤中美食，任由他處置嗎？

沒錯，大敵當前，還是應該先集中力量，解決曹操……

「可是，文遠如今被阻於淮、泗之間，無法與我會合。」

陳宮笑道：「文遠雖說在途中遭遇陳登埋伏，被迫退回徐縣，然則其實力並未受損，手中尚有數千兵馬。進可以過淮水，襲擾廣陵，迫使陳登父子無法全力出兵；退可攻下相，斷絕下相與曲陽聯繫，使鄧稷兄弟腹背受敵。張文遠一人，足以解君侯南面之憂，使君侯可全力應戰曹孟德。」

呂布不由得大喜，那張稜角分明的臉上，透出一抹喜色。

謀士就是謀士，他們的思路往往和普通人不太一樣。一件壞事，在他們眼中可以變成好事。

張遼在得到消息之後，迅速回兵下邳，不料在下相城以南三十五里，遭遇陳登和曹朋聯手阻擊。雙方在泗水河畔鏖戰一場之後，張遼迅速脫離了戰場，率部退回徐縣。

而陳登旋即領兵向徐縣推進，留下三千兵馬，交由徐宣統領，曹朋則率本部人馬，與徐宣留守下相，對下邳施加壓力。這絕不是一件好事情……可是陳宮隨機應變，使張遼有自行決斷之權，如此一來，張遼就不一定非要回兵下邳，向南、向東、向北……淮、泗之間廣袤地域，就成了張遼的戰場。沒有節制，沒有具體的任務，等於一下子解放了張遼，反而把問題拋給了陳登。

你強攻徐縣，我就渡河攻擊廣陵；你屯兵防禦，我就可以自由的進行攻擊……

一流謀士和二流謀士的差距，大概也就是這樣。

此時，曹朋已插不上手，演變為陳登和陳宮兩人之間的智鬥。

陳登一日不解決張遼，他就無法全力進攻下邳。這樣一來，呂布就可以全力對付曹操……

「那該如何擊退曹孟德？」

陳宮道：「曹賊兵分三路，看似強大，實則虛弱。徐晃在泰山郡雖戰敗了臧霸，但卻未能將之消滅。臧霸麾下有泰山軍，元氣未傷，遁入泰山之後，正可藉地形拖住徐晃腳步。如此一來，徐晃必將在泰山郡陷入苦戰，無法抽身。」

「而劉備，喪家之犬耳。此人素有大志，斷然不會出盡全力協助曹操。如此一來，沛國一線看似凶險，實則也無須擔憂。真正有危險的，還是那夏侯元讓一路兵馬。只是曹操興師討伐，路途遙遠，他即便是打到彭城，也必然疲憊不堪。君侯當主動迎擊，屯兵於彭城，待曹軍遠途抵達，君侯以逸待勞，迎頭痛擊。如此一來，必能無往而不勝乎。」

陳宮一番說辭，令呂布怦然心動。

陳宮隨手便謀劃出好大一盤棋，強盛的曹軍在他口中，變得不堪一擊。

事實上，陳宮說的也大致沒錯。徐晃降趙庶和李鄒，表面上占居了泰山郡，可實際上，臧霸就是泰山郡人，在當地有著極高聲望。他麾下泰山軍最初只是一群山賊，後歸附呂布，打正規戰也許不成，可襲擾牽制足以讓徐晃苦不堪言。

至於劉備，情況也不是太好……如陳宮所說，劉備本身就是一個有野心的人，加之手中兵馬大都是收攏的舊部，屢次被呂布擊潰，對呂布懷有一絲懼意。他很懂得保存實力，也知道怎樣在夾縫中求生存。所以，別看他和呂布打過、和袁術打過，甚至還和曹操敵對過，可實際上呢，他左右逢源，始終能保存幾分實力。

要讓劉備全力攻打呂布，那斷然不太可能。呂布如果在，劉備尚能有喘息之機；如果呂布真的死了，那麼劉備也就失去了轉圜餘地，或與曹操為敵，或依附曹操帳下。就劉備目前的狀況而言，無論是哪一個選擇，都不是他真正所希望的結果……

彭城，曾是帝王之鄉，素有北國鎖鑰、南國門戶的說法。

其地形複雜，河流湖泊縱橫交錯，屬於一處易守難攻之地。

陳宮請呂布主動出擊，藉助彭城地形，可以有效阻擊曹軍。而且，如果呂布屯兵彭城，可背靠下邳，東接泰山，與臧霸等遙相呼應，達到牽制曹操的目的。可以說，這是一個非常絕妙的主意。看似很簡單，卻能充分利用各種因素，對遠道而來的曹軍以最凶猛的打擊。

可偏偏這麼一個計策，呂布卻不太同意。

呂布騎戰，天下無雙。

不僅僅是他的武力超群，更重要的是他在臨戰之時，能敏銳的捕捉到對方的軟肋，予以重擊。若屯兵彭城，等於要放棄呂布最擅長的騎戰之術。這對呂布而言，有些無法接受。

「只憑彭城，恐難以阻擋曹操。」呂布在沉吟片刻後，對陳宮道：「不若使臧霸向彭城靠攏，而後誘曹軍深入。到時候臧霸可藉彭城地形，斷絕了曹賊的糧道。某親率兵馬，將他趕進泗水之中淹死……公台，非某自大，若決戰疆場，使曹軍不敢敵，天下何人可出我左右？」

陳宮聽聞，頓時大驚！「君侯……」

他剛要開口勸阻，卻見呂布一擺手，呼的一下子站起身來。

「就依此計行事，我倒要看看，那曹孟德如何是我對手！」

陳宮閉上了嘴巴。他太瞭解呂布的性格了，何等的剛愎自用，一旦他決定了的事情，很難加以勸說令其改變主意。

可問題是，你把曹軍放進來的話，也許有利於你騎戰。但對於軍心士氣，也必然造成影響。

「君侯，既然主意已定，宮也不贅言。不過，宮尚有一計，還望君侯三思……袁術此前使君侯擊劉備，曾言明遙相呼應。如今，徐州將有兵禍，何不使袁術自淮南出兵，攻打汝南？如此一來，君侯也可以減少一些壓力。」

呂布眼睛一亮，「公台此計甚好，我這就派人前往壽春，請袁公路出兵相助。」

陳宮走出溫侯府，只覺有些心灰意冷。

呂布，何其天真邪？

身後有人呼喚，陳宮停下腳步，回頭看去。

「軍師、軍師……」

「德循，有事嗎？」

高順匆匆過來，輕聲問道：「軍師，袁公路果能出兵嗎？」

陳宮苦笑了一聲，看了看高順，然後抬起頭來，彷彿自言自語一般的回答：「也許天知道！」

曹朋在花廳中設下酒宴，命人把曹性押解上來。

曹性被繩捆索綁，走進花廳之後，與曹朋怒目相視，如同仇人一樣。

曹朋苦笑道：「叔龍將軍，你這又是何苦？你這樣不吃不喝，非但於事無補，反而平白壞了自己的身子。」

曹性怒道：「我不和忘恩負義之徒說話。」

曹朋嘆了口氣，上前為曹性解開了繩索，「曹大哥，你說說看，我怎麼就忘恩負義了？」

曹性怒道：「昔日溫侯待你不薄，還贈你兵馬，助你在海西立足。而今，你勾結曹操，欲壞溫侯性命，奪取溫侯領地，此非忘恩負義，那又算是什麼？」

啪！

曹朋將酒杯拍在案上，厲聲道：「曹將軍，你莫要忘記，我父乃少府監作，我兄乃朝廷命官。你說我勾結曹公，可是從一開始，我一家食朝廷俸祿，自當為朝廷效力。曹公乃當朝司空，為輔佐漢室之重臣，我自當聽從曹公之命，難不成還要聽那與反賊勾結之人的號令嗎？」

「你……」

「再說了，是誰先起刀兵？曹將軍，做人當要有良心，拍著胸脯說話，如果不是溫侯垂涎海西那百萬斛糧米，欲興兵馬蕩平海西，我又怎可能與溫侯為敵？難不成，你們出兵打我，我就只能束手就擒嗎？」

曹性哼了一聲，卻無言以對。

花廳裡，一派寂靜。

許久之後，曹朋嘆了口氣，輕聲道：「如今，司空出兵征伐，溫侯覆滅在即。雖有張文遠屯兵徐縣，表面上牽制我等，可實際上，無論是我還是陳太守，根本就不懼張將軍的兵馬。徐州告破，張將軍即便有天大能耐，也難逃一死。」

「我今日請曹大哥你過來，就是想要告訴你一樁事情……溫侯成也其勇，敗也其勇。他就算全身是鐵，又能撚幾根鐵釘？過於迷信自己的勇武，到最後他也必將亡於其勇……昔日，溫侯與我確有恩義，曹朋牢記在心，並未忘懷。可事情發展到今天的局面，恐怕誰也無法挽救溫侯之命運。這裡只有你我兩人，我也不怕與曹大哥你推心置腹，我欲全溫侯之血脈。」

曹性抬起頭，盯著曹朋。

「只是這件事情，必須從長計議。若下邳城破，溫侯家小又當何去何從？我敬溫侯乃世之勇將，故冒死於你相商，不知曹大哥可願助我一臂之力？」

曹性沉默良久，半晌後才沉聲道：「曹友學，你欲如何？」

# 章六 兵困下邳

九月的淮北，天氣變幻莫測。

晌午頭還陽光明媚，到了午後便陰雲密布。晡時，也就是申時，每天下午的三到五點之間，人們習慣於在這個時間進行第二次進食。在曹朋看來，倒是和後世的『下午茶』有點類似。

在祖水畔的小亭子裡，曹朋望著湍急的河水，有些入神。

甘寧就坐在一旁，看著曹朋，終於忍不住問道：「公子，你真要如此？」

「可是……」

曹朋回過神，朝甘寧微微一笑，「興霸，做人當時刻懷感恩之心。這是我的原則，我必須做。」

「我知道很難，而且也會非常危險。」曹朋呼出一口濁氣，舒展了一下身子，「但是我必須要這樣做，否則我這一輩子都會不安。」

甘寧沉默了！

曹朋看著滔滔祖水，腦海中卻浮現出一張如花笑靨。

想必，她能原諒我之前的所作所為吧！

不管曹朋重生後，如何告知自己要學會厚黑、要心狠手辣，但有些事情，終究是無法改變。比如那刻印在骨子裡的一份感恩之心。

他至今仍記得，在那小小的斗室中，在那一口浴桶內的旖旎。

對貂蟬，他很尊敬。哪怕是曾見到過無限春光，也僅止是讓他在當時心神蕩漾，心中並沒有產生什麼霸占的欲望。事實上，拋開年齡不說，曹朋覺得在那個女子跟前，會有很大的壓力。

那是個可敬的女子。

不論最初她是懷著什麼樣的想法去剷除董卓，都無法抹滅她所做的貢獻。

曹朋雖然姓曹，卻不是曹操，更沒有曹操對『人妻』的偏執。任何對貂蟬的綺念，都是對她的褻瀆。

所以曹朋救貂蟬，一方面是因為感恩，另一方面，還有前世對呂布的一絲殘念。

他改變不了大局，所以只能盡可能的去想辦法報恩。

「周叔！」

「喏！」

「郁洲山如今情況怎樣？」

「一切尚好。按照公子吩咐，過去這半年多來，我已秘密在郁洲山修繕營地，並未有人覺察。」

「很好！」曹朋想了想，低聲道：「你立刻返回海西，指揮海船離港。出海之後，秘密折返伊盧灣，並隱藏蹤跡。另外，再向我內兄借調些糧草，囤積郁洲山上，切莫暴露出行藏。」

「喏！」

周倉並不認為曹朋做錯了什麼，反而覺得曹朋知恩圖報，是一個好漢。

他出身於草莽，不似甘寧考慮的那麼周詳。既然曹朋要報恩，那冒一次風險又能如何？他可不是個怕事的人。

甘寧輕聲道：「既然公子已經決定，務必要謹慎小心。以我之見，最好能把郝昭調過來，使他出鎮曲陽。他畢竟是並州出身，想必也會同意公子的舉措。而且他在曲陽鎮守，可以盡心盡力。有他在曲陽，可以為公子多增添一分保障……」

「讓伯道出鎮曲陽？」曹朋一蹙眉，沉吟片刻後，輕輕點頭。「伯道出鎮曲陽，是最佳人選……來人！」

「喏！」楚戈閃身站出，在亭外插手行禮。

「持我印綬，連夜趕奔海陵，命東陵亭別部司馬郝昭即刻動身，趕赴曲陽就任，接手曲陽防務；命王買任海陵兵曹，接手東陵亭防務，掌海陵兵事。再使步子山立刻前來下相，海陵一應事務交由闞德潤打理。還有，周叔路過曲陽的時候，和濮陽先生同行，返回海西。」

「今年海西雖獲豐收，但尚未平穩。徐州一戰，勢必會使諸多人流離失所，離開家園。一方面提醒我內兄，請他做好接收流民的準備，另一方面，請內兄立刻調出五十萬斛糧草，囤積曲陽……到時候我自會派人接管。」

建安三年九月，張遼數次出擊，試圖攻擊僮縣，復奪下相。

然則陳登指揮若定，面對張遼瘋狂出擊，絲毫不亂……如果說，此前陳登給曹朋的印象是一個策士，那麼在淮泗之間的這場鏖戰，無疑將陳登的軍事才能顯現的淋漓盡致。

在渡過淮水之後，陳登迅速攻取淮浦，並以淮浦為依託，揮軍直上，斜穿淮泗平原，占領僮縣。隨後，陳登又在僮縣，打了一場極為漂亮的阻擊戰。

急於返回下邳與呂布會合的張遼，被陳登伏擊。雖說並未受到太大的損失，卻無力繼續北上。無奈之下，張遼只好退回徐縣，伺機而動。

九月十三日，曹操在彭城打響了戰役……

張遼趁機想要渡過淮水，攻取盱眙，以攪亂陳登的布置。哪知陳登卻提前命陳矯出鎮盱眙，在淮水南岸布下了陣勢。張遼見偷襲不得，只好作罷……旋即，於十八日出擊睢陵縣，並一舉破城。陳登旋即大怒，自下相調綱紀徐宣出鎮僮縣，而後親率大軍，坐鎮淩縣，督戰淮泗，於二十三日復奪睢陵，使張遼最終只得無功而返。

短短不到二十天的時間，張遼三次出擊，三次失利。雖然極大程度的牽制了陳登所部兵馬，可是己身力量也隨之耗盡，於是堅守徐縣，不復出擊。

九月二十六日，彭城告破……

曹朋此時被委以重任，統兵三千鎮守下相。

而鄧稷則派出了濮陽闓，暫領曲陽長，負責協助陳登用兵。

隨著彭城告破，徐州的戰局一下子變得明朗起來。呂布這個時候才感到慌張，不顧陳宮勸阻，出兵迎擊，於呂縣遭遇夏侯惇、劉備聯手夾擊，大敗而回。此戰之後，呂布不復先前的張狂，一邊催促張遼迅速返回下邳，另一方面則命魏續出兵，試圖將下相重新奪回……

曹朋據城而戰，堅守不出。

至十月初三，魏續受命收兵返回下邳，並於中途設伏，想要伏擊曹朋追兵，挽回一點顏面。哪知道，曹朋任由魏續撤兵，毫不理睬。

用曹朋的話說：「你退回下邳，早晚就是個死，老子又何必費心，和你糾纏？」

魏續最終只得無功而返，只留下了遍地的狼籍……

十月初七，曹操兵至葛嶧山，與下邳隔水相望！

也許是受曲陽之戰的啟發，陳宮再次獻策，請呂布統步騎於下邳城外，由他獨鎮下邳，裡應外合，遙相呼應。若曹操攻下邳，則呂布從後擊之；若曹操攻呂布，陳宮自下邳相應。

總體而言，陳宮這條計策，和鄧芝的計策是一模一樣。

所不同的就是，呂布手中尚有近萬兵馬，更有高順的八百陷陣精兵。憑藉呂布的勇猛和陷陣的狂野，足以使曹操感到頭疼。而不似之前曲陽時，曹朋有將無兵的窘況。

可這麼一條計策，最終還是沒有實施。

史書上記載，呂布一開始倒是同意，但後來聽家眷勸說，又改變了主意。

前世曹朋在讀這一段的時候，是破口大罵，說呂布優柔寡斷，說呂布家眷成事不足敗事有餘。但是，他如今親身經歷了這場戰爭，對其中的種種內幕，也算是有了深刻的認識。

非呂布被家眷所勸阻，實在是陳宮有前科，把自己的家小和老巢託付給一個在一年前還試圖與人密謀造反的人？即便是曹操，也未必敢放心吧。陳公台，可是想造他呂布的反呢……

所以，曹朋可以理解呂布的做法。

只是在這種情況下，呂布的懷疑，卻徹底斷送了他的生路！

十月初十，曹操兵困下邳，此時的呂布，也變成了籠中之鳥……

十月十七日，臧霸率部歸附曹操。

徐晃掃清了最後一個障礙，順沂水揮兵南下，迅速穿行東海郡，並於十月二十七日兵臨司吾，與下相隔水相望。徐晃的到來，徹底斷絕了張遼與呂布合兵一處的念想。十月二十九日，陳登自睢陵起兵，兵困徐縣。至此，淮泗戰局隨之進入相持，呂布敗亡不過早晚。

十月末，呂布的同鄉，並州雲中人，詣陽太守張揚出兵援救呂布。

張揚，字稚叔，少以武勇為並州武猛從事。靈帝末年，張揚為上軍校尉蹇碩假司馬，後蹇碩被殺，張揚返回本州募兵，欲響應何進。可不等他出兵，何進被殺，董卓亂起。張揚又和袁紹聯合，與南單于于夫羅合兵至黎陽，建立了他的班底。後來，董卓封張揚為河內太守。

建安元年，漢帝逃離長安。張揚迎漢帝於安邑，又護送漢帝至洛陽，任大司馬。

其人性格溫和，待部下以仁慈。然則出兵救援呂布，不久便被部下楊日所殺，身首異處……

呂布最後的一個希望，隨著張揚被殺，也破滅了！

而袁術在得到呂布的求援後，立刻變了臉色，非但不肯出兵救援，反而要呂布先把他的女兒，也就是呂藍送往壽春，與其子完婚。可如今下邳被大軍圍困，呂布又如何送呂藍出城？

## 兵困下邳

至十一月，一場鏖戰，在下邳城下展開。

下邳城，硝煙瀰漫。徐縣，更是喊殺聲不絕。

相比之下，下相一派平靜。曹操無暇召見曹朋，而曹朋也樂得在下相，得一個悠閒自在。

同時，他也在緊鑼密鼓，秘密準備。救走呂布家小，是一件極為危險的事情，更何況這件事情是要在曹操的眼皮子底下完成，也就更增添了許多變數。

當務之急，曹朋首先要設法從下相到下邳。可是沒有曹操的命令，他只能留守在下相縣城。

「伯苗，想個辦法，讓我到下邳。」

在下相衙廳之中，曹朋徘徊不定，神色憂急。

鄧芝奉命前來下相，協助曹朋行事。不過這一次，鄧芝變得低調許多，更不敢再有半點小覷之意。此前他在曲陽出了一個分兵之計，險些讓曹朋陷在曲陽，如今回想起來，鄧芝也感覺到後怕。如果不是陳登及時出兵，渡過了淮水，占領淮浦的話，曹朋可就真的完了……

從海西徵調了六百鄉勇，抵達曲陽。鄧芝看著千瘡百孔的曲陽城牆，也不禁暗自感慨。他曾遠觀曲陽戰事，但如此近距離的觀察，才知道當時曲陽縣城是承受了何等巨大壓力。

從守城的軍卒口中，鄧芝聽到了關於曹朋的種種事蹟。

從陳宮的投石震懾，到曹朋的入夜襲營；從陳宮的聲東擊西，到曹朋的及時應對；從曹性的佯攻，到曹朋的追擊……雖說這裡面包含了許多運氣的成分，但也足以證明，曹朋已具有獨當一面的能力。鄧芝不禁在心中設想，如果換作是他守曲陽，能否如曹朋一樣守住呢？

所以，再見曹朋的時候，鄧芝已少了許多傲氣。

而曹朋看上去，依舊如先前那般謙和……

單以氣度而言，叔孫嚴苛，總使人不敢親近，而友學溫良，讓人倍感親切！

在內心裡，鄧稷和曹朋，便有了高下之分！

初聞曹朋的計畫，鄧芝也嚇了一跳。不過對於曹朋這種知恩圖報的行為，鄧芝也同樣贊成，只是曹朋想要去下邳，並不是一樁容易的事情。曹操現在並不是缺兵少將，根本輪不到曹朋。

此次曹操出兵，文有郭嘉、荀攸，武有典韋、許褚，夏侯惇、徐晃等人也都非庸人，曹操怎麼可能會把一個十五歲的小孩子調到下邳第一線？

可不到下邳，就無法行事。

鄧芝說：「公子欲往下邳，必須要引起曹公關注方可。」

「問題就在於我該如何行事，才能使曹公關注？你也知道，曹公目下的精力，都在下邳。」

這，可真難為了鄧芝。

不可以做得太過分，否則會讓人感到懷疑；也不能小打小鬧，否則就無法讓曹操關注。這裡面牽扯到一個『度』的把握，即便是鄧芝，也很為難。

「算了，還是看看再說。」

「嗯！」

曹朋突然問道：「周叔出海，可曾有人問起？」

鄧芝搖了搖頭道：「周縣尉此次出海，屬於例行公務。此前他出海多次，大家也習以為常，所以並未惹人懷疑。」

「如此甚好，否則可就麻煩了。」

「呵，友學大可放心。如今海西雖非鐵板一塊，但大局卻為叔孫掌握，絕不會有差池。」

「這次，是我任性了。」

「大丈夫知恩圖報，是一個美德，依我說，友學你沒做錯。」

曹朋微微一笑，把話題轉開……

「公子，出事了！」

就在曹朋和鄧芝閒聊之際，花廳外突然傳來一陣急匆匆的腳步聲。夏侯蘭盔歪甲斜，跌跌撞撞的衝進來，一見曹朋，就氣急敗壞的吼道：「公子，我們的糧，被搶了！」

天氣越來越冷，進入十一月之後，氣溫濕寒，直入骨髓。

中軍大帳裡，擺放著兩個火盆，炭火熊熊，驅散了帳中的寒意，使人有一種溫暖如春的感受。

曹操放下手中書卷，笑呵呵對郭嘉道：「當初若非奉孝與文若堅持，險些使我錯失良才……未曾想這獨臂參軍竟有此等本領，不但使海西穩定，更率先在海西屯田，使我糧道通暢。」

時隔一載，郭嘉似乎並沒有太大的變化，依舊很單薄，甚至有些瘦弱。不過他的氣色看上去挺好，精神也顯得很矍鑠，與早先相比，的確是大有改進。

聽曹操說完，郭嘉放下了手中的毛筆，「豈止是司空沒有想到，即便是嘉，亦感到意外。」

由於曹朋事先從海西調撥五十萬斛糧草，囤積於曲陽縣內。曹操在兵困下邳之後，並沒有出現歷史上糧草匱乏的局面。雖然說戰事並不順暢，呂布的抵抗也非常堅決，但總體而言，戰局是朝著曹操所預料的方向發展。在沒有後顧之憂的情況下，曹操當然不會放過呂布。

「奉孝，徐州之戰結束，我欲任鄧叔孫為東海太守，以為如何？」

郭嘉先是一喜，旋即搖頭：「不可！」

「為何？」

按道理說，鄧稷是郭嘉一手舉薦，若升任太守，郭嘉顏面有光。

曹操也沒有想到，郭嘉竟然拒絕了這個提議，於是乎，心中不免生出好奇之意，凝視郭嘉。

郭嘉嘆了口氣，對曹操說：「嘉不贊成鄧叔孫升遷，有兩個原因。這第一個原因，鄧叔孫身無功名而一躍為海西令，已屬特例。時隔一年，主公就欲再升遷其官職，勢必會令許多人感到不滿，到時候叔孫身處風口，未必能比現在做得更加出色……」

「其二，觀鄧稷在海西作為，頗有章法。如今海西正在不斷壯大，隱隱有興旺之相。海西地處淮水之畔，勾連兩淮，貫穿齊魯，乃東部要地。若海西屯田等舉措可以發展起來，如同司空扼住兩淮之咽喉，進可渡淮水，直逼大江，虎視江東；退可固守海西，使淮北不受兵禍。此時若貿然換人，未必是一樁好事。繼承者能否繼續遵循鄧叔孫之舉措，使海西進一步發展？若不能，豈不是前功盡棄？」

曹操不由得點頭，表示讚賞。

郭嘉又道：「況且鄧叔孫為一縣之長尚可，若為一郡太守，其才能和眼界，還需繼續打磨。」

不得不說，郭嘉的確是為鄧稷著想。

沒錯，以鄧稷在海西的政績來看，的確驕人。但郭嘉卻知道，鄧稷還不足以獨當一面。如今他在海西，地處偏僻，有陳登可以遮風避雨。但如果為一郡太守，他就必須直面許多陰謀詭計。能治一縣，不代表能治一郡。況且東海郡很複雜，單以局面而言，鄧稷未必能控制得住。

所以郭嘉認為，鄧稷目下最好還是留在海西，再打磨些時日，否則他升遷太快，勢必會遭遇凶險。太守和縣令，那完全是兩個概念的職務。太守已經是兩千石俸祿的官位，也算是進入朝廷核心，掌控實權。鄧稷目下的狀況，還不適合升遷。

曹操搔首，「那你以為，當如何獎賞？」

畢竟鄧稷做出了這麼大的成績，並保障了徐州之戰的糧道，如果沒有獎賞，也說不太過去。

郭嘉想了想，正色道：「海西這一年發展甚速，其治下面積不斷增加，已非一縣之地。我聽說，海西屯田向北面已接近伊蘆鄉，屬於朐縣治下；而向西，更跨過了游水，又和曲陽有連為一體的趨勢。既然如此，何不使他兼典農都尉之職？若能有所成就，再行封賞提拔。」

典農都尉，始於建安二年設置。

由於當時遷都許縣，曹操下令屯田。在一片反對聲中，唯有穎川長社人棗祗堅持，所以設置了典農都尉一職，由棗祗出任。當年，許都就獲得豐收。棗祗因而被遷為典農中郎將，得曹操委以重任。

這典農都尉是一個新設的官職，其職務說起來，高於縣令而低於太守，主抓的也是一個地區的屯田事宜，和太守並無太大的衝突。如果鄧稷出任典農都尉，就是棗祗後第二個擔任此官職的人。

由於許都和海西的豐收，使得曹操下定決心，推動屯田。

郭嘉的這個建議，令曹操極為滿意。但內心裡總覺得，只一個典農都尉，有些虧待了鄧稷。

「若司空覺得獎賞薄了，何不賞賜與叔孫身邊之人？」

「哦？」

「司空莫非忘記了，鄧叔孫尚有一內弟？休若此前，可是對他讚不絕口。此人同樣身無功名，卻少而有德行。那篇《陋室銘》，不知司空是否記得？山不在高，有仙則名，水不在深……」

「有龍則靈！」曹操脫口而出，旋即哈哈大笑，「若不是奉孝提起，我險些忘記此子。」

「友學德行高遠，在廣陵頗有名聲。且有武勇，可當百人……此前呂布征伐海西，就是此子奪取了曲陽，並擊退了陳宮。後來還飛奪下相，斬斷了張遼退路，使下邳成為一座孤城。」

曹操那雙細長雙眸，瞇成了一條縫。他撚鬚頷首，「曹朋年少，卻也是個有本事的人。」

「即如此，何不封賞於他？」

「那你認為，該如何封賞？」

「此前陳元龍任他為海陵尉。而海陵，實已破敗，不成其形。但海陵地處淮水與江水之間，不但扼守江水入口，更是淮南東部之門戶。自中平以來，鹽瀆、射陽和海陵幾乎被廢棄，整個淮南鹽路，如今更全都依靠海西勉力供應……以我之見，可使曹友學，為農都尉之職。」

曹操深吸一口氣，陷入了沉思。

農都尉，並非新設官職，而是自漢武帝時便有設置。最初，農都尉置於邊郡地區，主屯田殖穀之事，其性質與典農都尉有些相似，但以權力上來看，卻遠遠沒有典農都尉的大……

不過，農都尉的職權很分明，兼受大司農和本郡太守節制。是節制，而非屬官。

也就是說，農都尉獨立於郡屬官之外，可掌兵，並處置政務，有點那種聽調不聽宣的意思。

郭嘉的這個主意，正好撓在了曹操的癢處。

曹操決意屯田，以使治下增收，同時平抑糧價。可這屯田，並非一件容易的事情，特別是牽扯到土地的清查丈量，不可避免會觸動一些人的利益。在許都也好，洛陽也罷，以及其他地方，都有局限性。可是淮南東部卻不牽扯這樣的問題，那裡有大片良田，屬於無主之地，根本無人問津。而淮南土地肥沃，又沒有那種利益上的衝突，當然是最佳選擇。

有海西屯田在前，想必在淮南東部推行，也不會太難。

農都尉，早已廢置多年，而且品秩也不算太高，秩四百石的俸祿，相當於一個下縣的縣長。海陵、鹽瀆如今等同於一片荒地，也不會有人爭取。

這個職務對曹朋，倒是很合適。

不過曹操還是有些擔心，「奉孝，曹朋能擔此重任？」

「司空可知，當初鄧叔孫在海西屯田，正是小曹朋率先發起。」

「唔……」曹操心動了！

郭嘉處理完公務之後，走出中軍大帳。

正逢今天是虎賁軍值守中軍，才出大帳，郭嘉就看見典滿和許儀兩人正湊在一起，竊竊私語。

這次征伐徐州，典滿和許儀都隨軍出戰。

在經過了建安二年的歷練之後，典滿和許儀於建安三年行成人禮，旋即便加入虎賁軍效力。二人如今分別出任郎將之職，也算是虎賁軍的中堅力量。

郭嘉輕手輕腳的走上前，想要聽聽這兩個小子究竟在嘀咕些什麼。

「老三，你究竟想清楚了沒有？」

「沒有！」

「你說那阿福也真是，當初為何不說清楚呢？四水環下邳，可一舉破之……什麼意思？」

「要不，咱們派人去下相問問他？」

「嗯，那必須要快，否則要被人搶了頭功。」

「圓德，明理……你們在嘀咕什麼？」

由於行了成人禮，典滿和許儀自然也得了表字。滿，有圓滿之意，所以典滿的表字，就是圓德，而許儀則是明理。這兩個表字，是曹操親賜，也代表著曹操對典滿和許儀的厚愛。

典滿和許儀驀地回身，看到郭嘉，不免露出期期艾艾之色。
「阿福說，四水環下邳？」郭嘉一臉奸詐之色，看著兩人，「到底是怎麼回事？」
「那個……不是阿福說的……不對不對，是阿福在一年前說的。」
面對郭嘉，典滿和許儀不敢有半點隱瞞。連忙把去年他們和曹朋一起去下邳，而後曹朋說過的那番話語，告訴了郭嘉。
「四水環下邳……」郭嘉忍不住哈哈大笑，「小阿福，你莫不是早就料到，會有此一戰？」

曹朋的臉色鐵青，站在衙堂上，憤怒咆哮：「劉備欺我太甚！我供下邳軍糧，自當由司空分派。劉備帳下張飛，竟劫我糧草，還打傷了我的人。此仇此恨，我焉能再忍氣吞聲？」
衙堂之上，群情激奮。
鄧範怒道：「想當初，咱們剛到海西的時候，就是這劉玄德勾引海賊，試圖破我海西。如今，咱們供應他糧草，他非但不感激，反而截糧，更打傷了咱們的人……友學，請與我一支兵馬，我即可前往下邳，向那劉玄德討要說法。如若他不認錯，咱們就和他劉玄德拚了！」
「對，咱們打過去！」潘璋更是一臉怒氣。
凡是經歷過海西那一夜的人，大致上都清楚那些海賊是怎麼一回事。

甘寧哼了一聲，「公子何必長他人志氣，滅自家威風。那張翼德有何本領，膽敢如此張狂。」

曹朋，一言不發。

由於曹朋提前將糧草調撥曲陽，所以下邳之戰的糧草，基本上是由曹朋來負責。大戰開始以後，曹朋命潘璋和夏侯蘭兩人輪流送糧。這才是第三次發運糧草，就被人劫走。

負責押送糧草的夏侯蘭說：「劫我糧草之人，乃幽州口音。其人相貌雄魁，豹頭環眼，使一桿丈八蛇矛，武藝超群。我只一開始就表明了身分，可那人卻說什麼他不知道什麼曹公，反正糧草到了他手裡，就是他的……我與他爭執，反被他打傷。」

豹頭環眼，掌中丈八蛇矛？這形象，還真是熟悉啊！

「莫非，是那燕人張飛？」

「對，就是張飛。」

曹朋不由得樂了！這還真是三爺的風格啊……

「公子，不是想前往下邳嗎？沒想到這機會自己就送上門了。」

鄧芝在一旁聽得真切，不禁大笑起來，「既然被人家打上了門，咱們豈能就這樣善罷甘休？」

「你是說……」

「他打了咱們的人，咱們就打回去！」

說實話，鄧芝這個主意讓曹朋很心動。

但也必須承認，這個主意很冒險。劉備的情況，和他之前何其相似？有將無兵！關羽、張飛，那是什麼等級的人物？單憑自家這點人手，曹朋還真有些不太放心。畢竟，能與那兩人相爭的，只有一個甘寧。不過曹朋手裡還有潘璋，還有夏侯蘭、鄧範，至少能和劉備糾纏一下。

想到這裡，曹朋立刻召集眾將。把事情緣由說了一遍之後，所有人都氣得暴跳如雷。

曹朋道：「想咱們辛辛苦苦的押運糧草，那劉備有甚德行，食我粟米？司空分與他糧草，我也無話可說，可是現在……你們都看到了，劉備分明是欺上門來。我與他，誓不罷休！」

「對，誓不罷休！」

眼見著眾人的情緒全都調動起來，曹朋二話不說，立刻下令點起兵馬，前往下邳。

他駐守下相，負責的就是糧道安全。如果糧食丟失，那就是他的責任，到時候曹操也會責怪。現在，索性把事情鬧起來。

雖說前世曹朋對劉備的印象不差，可現在畢竟是分屬兩個陣營，他斷然不會和劉備善罷甘休。而且，他正想藉此機會，前往下邳……

不過，單憑手裡這些人，未必能奈何得了劉備。

他手下關羽、張飛自不用說，劉備本身也是戎馬半生，其身手斷然不差。要知道，三國遊戲當中，劉備也是武力值接近九十的主兒。憑自己，未必能從劉備手中討得太多的便宜……

不過，老子上面有人！

「鄧芝，你立刻前往下邳，分別拜會典韋、許褚和曹洪三位將軍。就說我被人欺負了，要去尋那劉備的麻煩……其餘諸君，立刻隨我點齊兵馬，找劉備算帳。」

我一個人鬥不過你，那就讓你領教一下惡來虎癡之威！

章七

# 初會劉玄德

作為昔日下邳國王都，下邳城設有四門。

城高八丈，顯然是用心營造，比之曲陽的城牆，明顯要堅厚許多。

曹操圍困下邳後，在四門輪番發動攻擊。曹操自領一軍，自北門發動攻擊，徐晃所部攻擊東門，夏侯惇則攻擊西門。餘下的南城門，則交由劉備負責，也算是對劉備的一種重視……

劉備打得很用心。

大戰到了這個地步，已經沒有什麼懸念。最後的問題，就是呂布能堅持到什麼時候，最終以什麼樣的結果落下帷幕，如此而已。所以，劉備也只有打起精神，全力發動進攻。

他和呂布之間的恩怨，還真有些說不清楚、道不明白。

有時為敵，有時為友……想當初，劉備得了徐州，收容了剛從濮陽敗北的呂布，給了他一個休養生息之地。可是沒有多久，呂布便奪了徐州，又收容了劉備。此後兩人反反覆覆，忽而開戰，忽而和好。呂布曾解劉備之難，轅門射戟，逼退了袁術麾下大將紀靈。兩人還一同參與了討伐袁術之戰，將袁術趕去了淮南。但隨後，呂布又把劉備打得如同喪家之犬。

如今，風水輪流轉，輪到了劉備討伐呂布。

多年來的恩怨，似乎也要在這一刻了結。於是，劉備更不會有半點心慈手軟……

只是，他運氣不太好！

劉備的對手，恰好是陳宮。面對一個智謀百出的對手，劉備手中雖有猛將，卻也奈何不得，所以雙方的戰事也就焦灼在一起。

劉備攻上下邳，很快又被趕下城頭；再攻上去，再趕下來，反反覆覆的拉鋸戰，讓劉備也感到了莫名的疲憊。可是，他卻不敢鬆懈。因為他知道，下邳城中有一頭猛虎，一旦放出，就會死人……呂布雖然沒有和劉備照面，但劉備知道，呂布和曹操在北城門打得難分難解。

一天的戰事終於結束！

當夕陽西下，劉備下令鳴金收兵。

戰場上，東一具西一具，橫七豎八的倒著無數具死屍，雙方在戰場上各自收攏己方屍體，一個個橫眉冷目。

打掃戰場，有一個不成文的規矩：在清理戰場的時候，任何一方不得開啟戰端。

劉備倒也不用擔心陳宮會突然襲擊，因為他知道，即便是陳宮有此念頭，也沒有這個力量。下邳的兵力，注定使他無法得逞……

一入兵營，劉備便感覺有些不太正常。

營中眾人個個面帶喜色，一個個笑逐顏開。

「子方，何故如此歡喜？」劉備攔住了糜芳，好奇的問道。

糜芳，是劉備的小舅子，糜竺的兄弟。

他一臉喜悅，笑道：「主公，咱們有糧了！」

「啊？」劉備乍聽，也不由得大喜。

雖然劉備從曹操夾擊下邳，表面上他自成一軍，可實際上，卻深受曹操鉗制。劉備沒有根據地，如同寄人籬下。特別是被呂布擊敗，失去了沛國之後，劉備遭受的制約也就越厲害。

沒有根基，就等於沒有糧草、沒有兵員、沒有器械……

如今他手裡的一切資源，全都是由曹操提供。軍械是曹操淘汰下來更換的，士卒的冬衣也是由曹操分發。最難受的，莫過於糧草受到曹操制約。曹操每次分發糧草，只給劉備三天備用，也就是說，三天之後如果曹操停了劉備的糧草，那劉備的大軍就會瞬間崩離。

控制住糧草，就等於掌握了劉備的命脈。

對此，劉備還不能有任何不滿，曹操給他糧食，已經是仁至義盡。

「有多少糧？」

「大約有六千斛……」

劉備聽聞，倒吸一口涼氣。有了這六千斛糧食，他就不需要再看曹操的眼色行事。

一旁糜竺眉頭微微一皺，突然開口道：「子方，這糧食從何而來？」

一句話，提醒了劉備。

六千斛糧食，那可不是一個小數目。如今下邳戰場四面圍城，日耗糧草約八千斛左右。也就是說，這六千斛糧草，幾乎是數萬大軍一日消耗的軍糧數量。如此大批量的糧食，從何而來?

劉備很清楚徐州的狀況，甚至如今的徐州，可不是興平元年時錢糧廣盛的徐州。即便是在五年前陶謙執掌徐州的時候，一下子要拿出六千斛糧食，也頗有些吃力……

糜芳說：「此三將軍所得。」

「翼德找來的糧食？」劉備一怔，忙厲聲喝道：「立刻喚翼德前來。」

「兄長，何故如此驚慌？」

站在劉備身邊，還有那位大名鼎鼎的關羽關雲長。他身高九尺開外，近兩米，幾乎比劉備高出一頭。身披鸚哥綠戰袍，肋下佩劍。見劉備露出慌亂之色，關羽連忙開口詢問。

他和張飛，自涿郡時便跟隨劉備東征西討，恩若兄弟一般。後來有曹朋等人在許都結義金蘭，劉備、關羽、張飛三人，也隨之改變了稱呼。從最開始的主公，演變至今日的『兄弟』相稱。

兩人在劉備帳下，各領一部人馬，輪番隨劉備出征。

除此之外，劉備尚有一支『白毦兵』為親衛，也就是後世所稱的『白耳精兵』。

白毦，就是用犛牛毛製成的披衣，也是衛兵獨有的裝束。不過到後世，將『白毦』變成了『白毦』，最後演變成了白耳精兵。大名鼎鼎常山趙子龍，就是這支白毦兵後來的統領。

歷史上的白毦兵，是由丹陽兵、馬超的青羌兵和西南蠻人組成。不過此時的白毦兵，則是清一色丹陽兵，最初有三千餘人，到如今，已折去了三分之二。

新任白毦兵的統帥，名叫陳到，是劉備為豫州刺史時歸附而來，平日裡主要守衛於劉備身邊。和呂布幾次交鋒，劉備能全身而退，有賴陳到和白毦兵多矣。所以這支人馬，不經常出擊。

今天正好是劉備率關羽、簡雍、孫乾和糜竺攻打下邳，而張飛則留在大營中休整。

這突然得來的糧草，在經過片刻喜悅之後，帶給劉備的卻是深深的恐懼。關羽輕聲詢問，劉備並沒有立刻做出回答，而是直奔中軍大帳，坐在大帳裡，等候張飛張三爺的到來……

簡雍輕聲解釋：「主公是擔心三將軍劫了曹公的糧草。」

關羽臥蠶眉一抖，丹鳳眼微合，「翼德雖然莽撞，但也不是那種不分輕重之人，不可能吧？」

事實上，他說出這句話，自己也有些發怵。

自家兄弟是個什麼德行？關羽再清楚不過。《三國演義》裡說，張飛是屠戶出身……聽上去挺低賤。可問題是，在東漢末年，屠戶並非是單指屠夫。何進也是屠戶出身，可他卻是當朝大將軍，是皇帝的大舅子。

這也說明，三國時期的屠戶，多指當地豪強。普通人，哪有那本錢做屠戶？

張飛是涿郡豪強，雖非世族，但也是當地的大戶。論學識，張飛是三人之中最好的一個，但論脾氣，也是三人中最霸道、最不講道理的人。想當初寄居徐州時，張飛就敢搶了呂布買來的戰馬，惹得呂布大發雷霆，打得三兄弟狼狽而逃……這一次，不曉得又搶了什麼人。

簡雍跟隨劉備多年，對張飛的性格，也非常瞭解。他看了一眼不遠處的麋竺、麋芳兄弟，嘆了口氣，「如果那糧草是從下相運來，可不好說。」

「此話怎講？」

「二將軍莫非忘記了，那下相糧草又是從何而來？如今出鎮下相的，是什麼人？海西令鄧稷的內弟……海西，和咱們的淵源，可是不算淺啊。」

關羽不由得向麋芳看去。

麋芳，東海朐縣人……鄧稷坐鎮海西之後，損失最重的人就是東海麋家。特別是從建安二年冬，鄧稷封鎖了淮北鹽路之後，使得麋家產業遭受到巨大的打擊。

麋家的私鹽，幾乎不敢進入兩淮，而昔日與麋家關係密切的商人賈人，更與麋家減少了往來。建安三年，海西推行鹽引政策，並開設鹽場，煮海製鹽。海西行會趁機從麋家拉攏了許多製鹽的好手，差點使得麋家的鹽場遭受滅頂之災。

失去了兩淮市場，被斬斷了東海鹽路，再被挖牆腳，麋家的鹽場幾乎一蹶不振。

好在這個時候，麋家已經從販賣私鹽轉而輔佐劉備……於是乎，受打擊最大的人，是劉備！

建安二年底，原本商定好的軍械兵器，因兩淮鹽路堵塞，最終被取消。隨後，劉備受呂布和袁術夾擊，從沛縣撤離，投奔了曹操……

「兄長，兄長！」

就在關羽沉吟之際，大帳外騰騰騰響起一陣腳步聲。

一個黑鐵塔似的漢子，大步從帳外走進來。只見他身高八尺開外，在一百八十八公分左右，魁梧而雄壯，透出一股威猛之氣。看年紀，大約在三十三、四的模樣，豹頭環眼，頷下一綹綹腮黑鬚。若無其事般走進大帳，他笑呵呵道：「兄長，咱們無須再看那曹操眼色行事了。」

「哦？」劉備面沉似水。

「呵呵，咱們有糧了！」

「糧從何來？」

「這個……」張飛其實挺害怕劉備詢問這個問題，頓時張口結舌。

劉備長嘆一口氣，「翼德，你從何人手中搶來糧食？」

「是、是……我不認得那人，反正看他不順眼，加之軍中缺少糧食，所以就下手搶過來了。」

「可是從下相運來的糧食？」

張飛垂下頭，沒有回答。

「有沒有傷人？」

「沒有、沒有……只是教訓了一下那幫小子而已。」

「你好大的膽子！」劉備氣得長身而起，手指張飛，半晌說不出話。

關羽突然道：「翼德，是誰要你去搶曹司空的糧食？」

「是……」張飛猶豫了一下，卻沒有說下去。

糜竺瞪了糜芳一眼，閃身站出來，「主公，此事也未必怪得三將軍。我等同為朝廷效力，曹司空卻厚此薄彼。夏侯惇和徐公明兩營之中，留存有十天糧草，偏偏我等只留三天糧草。將士們難免會生出憂慮之念，三將軍所做，也是不得已而為之啊。」

這裡面，肯定有麋芳的挑唆。

麋竺知道，麋芳對海西鄧稷、曹朋兄弟恨之入骨，如果不是他們，東海麋家至少不會破敗的如此迅速。可這種時候，他也不能把自家兄弟拋出去，索性先發制人，把原因推到了曹操的身上……

劉備哼了一聲，不再言語。

他何嘗不清楚這裡面的種種玄機？可一個是和他同生共死、恩若兄弟一般的手足，一個是他的小舅子，手心手背都是肉，還真不好責罰。腦子裡迅速閃現各種念頭，劉備蹙眉沉思。

半晌後，他沉聲道：「翼德劫來的糧草，任何人不得動用。之前若動用過，立刻填補完整……憲和、公佑，你二人去清點一下……叔至你立刻率白毦兵過去看著，不可有半點閃失。明日一早，翼德隨我前往北門，我當親自向曹司空請罪賠禮。」

「兄長何須懼曹阿瞞如斯……」

「翼德慎言！」關羽一聲厲喝，「你欲使兄長死無葬身之地嗎？」

張飛哼唧兩聲，不敢再出言反駁。

「算了，此事到此為止，明日雲長代我督戰，繼續攻擊下邳。」

「喏！」

劉備搓揉了一下面龐，正準備教訓張飛、麋芳幾句，忽然間，大營外傳來一陣陣人喊馬嘶聲。

不一會兒工夫，就見一名白旄兵闖進了中軍大帳，「主公，大事不好！營外有下相兵馬堵住了營門……有一個名叫曹朋的人，指名道姓，要三將軍出去受死。」

張飛聽聞，再也無法壓住心中的火氣：「區區無名小卒，也敢口出狂言！今天三將軍倒要看看，是何方神聖敢說出此等大話……來人，抬矛備馬！」

「翼德站住！」劉備頓時大驚失色，連忙出言喝止。

關羽搶上一步，死死的抱住張飛，他抬起頭，看著劉備，同樣是一臉怒色。「兄長，曹司空帳下，欺人太甚……咱們可不能忍，否則日後就休想在曹司空面前抬頭了。」

劉備臉色陰沉，沉默不語。

片刻後，他吸一口長氣，「此事翼德做錯在先，也怪不得人家找上門來。雲長，你在這裡看著翼德，你二人沒有我的命令，絕不可以踏出軍帳半步。此時，自當由我來向對方道歉。」

「兄長……」張飛眼睛都紅了，「此乃小弟之錯，焉能使兄長受辱？」

「翼德啊，受不受辱沒關係，我只願你能記住今日之教訓，以後行事切記三思，不可再莽撞了。」說罷，劉備整整衣冠，肅容邁步，走出了中軍大帳。

劉備究竟是個什麼樣子？

《三國演義》裡說，他身材高大，雙手垂過膝蓋，耳朵很大。『顧能自見其耳』，就是說劉備自己能看到自己的耳朵……我的天啊，那耳朵該有多大？豬耳朵嗎？

這樣一個人，就算待人親和，寬宏雅量……不對，長成這模樣，和『雅』已經沒有任何關係，又怎可能為人所親近？前世小時候，曹朋到不覺得什麼，可長大後，卻覺得這人長成劉備的模樣，沒辦法活了。雙手過膝，猿猴嗎？誰見過猿猴長個豬耳朵，還能被人所親近？

類似模樣的，曹朋倒是見過一個。

雷緒！

如同一個大馬猴……曹朋是一點親近感都沒有。

所以，曹朋很好奇，大名鼎鼎的劉皇叔，究竟是什麼模樣？

他縱馬盤旋營外，目光緊盯著轅門。數十名軍校緊張的看著曹朋，以及曹朋身後的甘寧、潘璋、夏侯蘭和鄧範，還有兩千軍卒。這兩千軍卒之中，有四分之一參加過曲陽之戰，站在人群之中，所展露出來的精氣神，明顯和普通人不一樣。那種經歷過生死大戰，不需要刻意便顯露出來的氣質，不是隨隨便便就能模仿出來。往哪裡一站，就使人有一種惶恐的感受……

劉備部下，也不乏那種久經沙場的悍卒。白旄兵更是其中佼佼者，所以對於這種氣質，軍校們並不陌生。

「劉玄德，若再不出來，我可就要衝營了！」火光中，曹朋厲聲喊喝。

這種感覺，可真爽啊……以前，他也喊喝過別人，但那種感覺和喊喝劉備完全不同。

劉備，未來的蜀漢之主、漢昭烈帝，與曹操齊名的主兒。你可以討厭他，你可以反感他，甚至憎惡他，但你不能不敬佩他。

他屢戰屢敗，屢敗屢戰，最終打下了一片基業。

曹朋對劉備的感覺，其實很複雜。前世小時候，聽袁闊成大師的《三國演義》，他對劉備敬佩之至；長大以後，不知是從什麼時候開始討厭劉備，漸漸的演變成了憎惡。不過即便如此，曹朋也不得不敬佩劉備的那種堅韌。

呼啦啦，轅門軍校分開，從轅門內走出一人。

一身華服，面如敷粉，極為俊朗。他身材不高，大約七尺五寸，也就是一百七十二到一百七十五公分左右的身高。但腰桿挺直，頗有威儀。雙臂修長，卻遠非雙手過膝，只能說他的臂展比常人要好。NBA的球員，也有很多類似這樣的狀況，臂展很長。

耳輪很大，是個有福氣的人。但如果說能自己看見自己的耳朵，還遠遠達不到這樣誇張的程度。

雖然沒有見過劉備，但曹朋直覺告訴自己，眼前這人，就是劉備！

原以為，劉備會帶著關、張出來，未曾想他只帶著一個三旬年紀的男子，步行走出大營，甚至沒有佩戴兵器。

「劉備在此，敢問哪位是海西曹朋曹公子？」劉備言語溫和，聲音洪亮。

不僅是曹朋愣住了，就連甘寧等人也不禁對劉備生出莫名的好感。

果然是劉玄德！

曹朋一怔，收起大刀。「玄德公，在下曹朋，怨甲冑在身，不能全禮。」

劉備溫和一笑，「曹公子，久仰你之大名，今日一見，果然少年英雄。只是你帶著許多人，堵住我營門，是何用意？」

別看他說得很輕柔、很溫和，卻是綿裡藏針。曹朋如果有半分不小心，就有可能落人口實……

「玄德公，你勿贅言。我之來意，你心裡很清楚。你營中有人劫了我的糧草，還打傷了我的人，我只要你交出人來，否則可別怪我不客氣。」

你想要綿裡藏針嗎？那我就開門見山，讓你無法迴避。

劉備兩道秀氣的眉毛一抖，旋即道：「曹公子，你可知這是什麼地方？此乃陣前軍營，你在此鬧事，就不怕軍法處置？」

「休言軍法，你家兄弟搶了我的糧，我今日就要為我的人討回公道。我再說一次，你交出人來，把糧還給我，否則的話，我立刻下令，衝了你的大營，你信不信？」

曹朋知道，不能和劉備客氣。對付劉備這樣的人，必須要步步緊逼。

說罷，他抬起手……

「衝營！」

甘寧、潘璋厲聲喊喝，剎那間兩千軍卒拔出大刀，呼的向前邁出一大步。兩千人同時前進，卻整齊如一，絲毫沒有半點混亂。

劉備一見，臉色又是一變，頓時變得很難看。

本以為，這曹朋是個好糊弄的人。先放低姿態，寒暄幾句之後，找個口實，把他趕走。哪知道曹朋根本不吃他這一套，直接就要衝營。

劉備眼中精光一閃，下意識握緊了拳頭。跟在他身後的糜竺，連忙扯了一下他的衣袖……

呼出一口濁氣，劉備依舊是一臉溫和。

「小將軍，截糧之事，的確有。不過我問過了，那只是個誤會，還請小將軍見諒……我已處置了他們，正準備命人把糧草送還曹公。小將軍既然來了，那就完璧歸趙，交換與將軍。」

由曹公子，變成了小將軍。也代表著劉備對曹朋的某種認可。

可以說，他已經是做足了姿態──糧我可以還給你，但是人我不能交給你。就像你要維護你的人一樣，我也要維護我的人。我的人犯了錯，我自會處置。不過怎麼處置，是我的事情。

在劉備看來，他已經給足了面子。哪知道，曹朋前來下邳，可不僅僅是為了討要糧草，而是想留在下邳。

總不成我這麼來了，悄無聲息的離開？

曹朋冷笑一聲，「玄德公，糧，你自己送還曹公，是非曲直，自有曹公決斷。我今天來，是要那凶手……你若不交出凶手，可休要怪我對你不客氣。我敬你，可我掌中大刀，卻不識得你。」

「小將軍，你這就不對了……」麋竺站出來，開口道。

「你是什麼人，報上名來？」

如果單論身分的話，麋竺曾為彭城太守，徐州別駕，比之曹朋的地位，不曉得高出多少倍。可他現在，是人在屋簷下。

曹朋雖然只是一個海陵尉，遠不如麋竺，可是麋竺卻不得不放低姿態。

「在下麋竺，忝為豫州從事，劉豫州帳下別部司馬。」

「就是那販私鹽，獻女晉身的東海麋子仲乎？」

這一句話，可有點狠毒了。

麋竺頓時臉通紅，看曹朋的目光，隨之凶狠起來。

有道是，打人不打臉，罵人不揭短。曹朋這是赤裸裸的打臉行為……

麋竺厲聲道：「曹友學，爾不過小小海陵尉，焉敢如此放肆？」

「你若不交出凶手，我會更放肆。」

劉備的目光，頓時變得陰冷起來，「小將軍，我看你今天不是來討公道，而是來尋事。」

「玄德公，若你不搶了我的糧，打了我的人，我又怎可能來生事？」曹朋冷笑道：「怎麼什麼話到了你嘴裡，全成了你的道理。你搶糧打人，我來討公道，要凶手，天經地義……你交出凶手，我拍屁股走人；你不把人交出來，我今天就馬踏你營寨，找那凶手出來！」

自出世以來，劉備何曾受過這等屈辱？

他深吸一口氣，忽而露出笑容。「小將軍，截糧之事，乃備馭下不嚴。若小將軍定要追究，備罪不可恕，願隨小將軍同行。」

「明公豈可如此！」

「兄長，休得辱沒自己！曹家小狗，你三將軍在此！」

張飛和關羽一直在中軍大帳，可是面對曹朋的咄咄相逼，兩人怎可能再坐得住？衝出軍帳，正好聽到劉備的這一番言語。張飛再也忍耐不住，哇呀呀暴跳如雷，翻身上馬，抄起長矛。

「翼德，你今日敢出轅門半步，我與你恩斷義絕！」劉備厲聲喝道。

旋即，他揮手道：「三軍聽令，退回營中，妄出轅門者，格殺勿論。」

「明公！」

曹朋端坐馬上，聲色不動，凝視劉備。

劉備轉過身，「小將軍，咱們可以走了……」

好一個劉玄德，好一個梟雄！

劉備把罪過一身擔下，卻使得曹朋陷入進退維谷的境地。

拿下劉備？還不是要好吃好喝的伺候，平白浪費糧米。說實話，曹朋還真不敢殺劉備，否則曹操定不可能饒他；可不拿下此人，自己之前的算計豈不是落空？

沒想到劉備如此能忍，看似示弱，卻把曹朋逼到了死角。

曹朋臉色一變，慢慢伸出手，砰的一下握住了長刀刀柄……

劉備，卻絲毫不懼。

「阿福，住手！」

就在雙方陷入膠著尷尬的境地時，遠處傳來一陣陣急促馬蹄聲。

先是典韋一馬當先，帶著虎賁軍衝過來。在他身後，則跟隨著典滿、許儀，還有王猛等人。

「阿福，休得無禮。」

典韋得到了消息之後，便立刻通知了曹操。他是虎賁中郎將，一舉一動，都必須率先考慮到曹操的想法，雖然他對劉備搶了糧草也極為憤怒，可典韋也清楚，這件事必須要先通知曹操。

曹操得知以後，也是嚇了一大跳。

劉備好大的膽子啊，竟然敢劫我的糧草？

不僅是曹操，包括他帳下曹洪、李典等人，也都是極為惱火。

在曹洪等人看來，曹操就是太驕縱那劉玄德，以至於他劉玄德連自家的糧草也敢劫掠。曹朋做得不錯，敢去衝營，是一條好漢。更有甚至，許褚在大帳裡就請令，要支援曹朋……

可曹操卻不能這麼做！

對劉玄德，曹操還挺看重。

不僅僅是劉玄德那漢室宗親的身分，也不只是劉玄德是東漢大儒盧植的學生，而是因為劉玄德的確有才能，且這些年來，多多少少也有了不小的名氣。如今曹操正在風口浪尖上，奉天子以令諸侯看似風光無限，可其中卻暗藏無數殺機，使得他小心翼翼，如履薄冰。

所以，曹操命典韋率虎賁軍前來，但不是支援曹朋，而是阻止衝突。

見雙方雖劍拔弩張，卻還沒有開戰……典韋也不禁鬆了一口氣，縱馬來到劉備大營的轅門外。

「玄德公，司空命你立刻前往中軍大帳。」

「劉備遵令。」

劉備微微一笑，看了曹朋一眼，眼中流露出幾分嘲諷之色：怎樣，我就算讓你處置，你奈我何？小子，你還嫩了一點。

曹朋讀懂了劉備眼中的嘲諷，臉色鐵青。

「阿福……」典韋開口。

可不等他說完，曹朋突然縱馬衝向轅門，大刀呼的在空中抹過一道弧光，喀嚓一刀，將豎在轅門外的大纛一刀砍斷。繡有『劉』字的大纛旗，轟隆隆倒下來，狠狠的砸在營門上。碗口粗細的旗杆，將營門砸得粉碎。轅門內的眾將齊聲驚呼，連連躲閃……

曹朋昂著頭，在馬上用刀遙指劉備，露出一抹倨傲之色。

劉備，你除了像個娘們兒一樣縮在別人的褲襠裡，還有什麼本事？我是殺不得你，可是我卻能折了你的面子。

劉備的臉，騰地一下子沉了下來。轅門內，關羽、張飛更是氣憤填膺，暴跳如雷。

「阿福，你幹什麼？」典韋心裡一驚，厲聲喝道。

旋即他身後的典滿、許儀，帶著兩支人馬衝上前，一下子便堵住了轅門。不管怎麼說，曹朋是典滿和許儀的結義兄弟，就算他有千般錯，也輪不到你劉備的人在這裡張狂撒野……

曹朋也不說話，就盯著劉備，甚至不理睬典韋。

典韋不禁暗自叫苦，催馬上前，「阿福，別鬧了……是非曲直，曹公已經知曉。劉玄德劫掠了咱們的糧草是不對，可這大戰之時，你堵著他的營門，豈不是被他人恥笑嗎？」

如果換一個人，典韋早就出手拿下。可曹朋不僅僅是他的子姪，更是他的救命恩人。

「有什麼委屈，咱們到曹公面前申訴。你這樣子衝動，只會使曹公難做……且不可以衝動啊！」

「哼！」曹朋放下了大刀。

甘寧等人早在曹朋砍倒大纛時，已做好了混戰的準備。此時見曹朋放下刀，他們也不再騷動。

劉備看了曹朋一眼，突然哈哈大笑。

「典中郎，此事也怪不得小將軍。少年氣盛，也是難免的事情。若換作是我，恐怕也嚥不下這口氣。」對於曹朋的挑釁，劉備似乎渾不在意，反而朝著曹朋一搭手，而後對典韋道：「典中郎，咱們還是快些走吧。若讓曹公等得急了，只怕失了禮數。小將軍，你自己保重。」

這舉重若輕的手段，讓曹朋憋氣不已。他冷笑一聲，「玄德公，咱們曹公帳前，再做分曉。」

## 章八 鬧營

「玄德！」

曹操在中軍大帳外親自迎接，非常熱情的拉著劉備的手，一邊走還一邊說話，看上去很親熱。

曹朋被無視……

劉備得意洋洋的和曹操一起進了大帳，曹朋站在帳外，一跺腳，扭頭就走。

「阿福，你去哪兒？」

「我回海西。」

曹朋真火了！

你曹孟德是什麼意思？老子為你拚死拚活，為你討公道，結果倒好，你連理都不理我？既然你看不重我，只看重劉備，那麼對不起，老子我不伺候了……我回我的海西，你愛怎地就怎地！

重生以後，曹朋刻意的去低調，可那骨子裡的傲氣，卻是一輩子都無法改變。別看他平時嘻嘻哈哈，好像很好說話的樣子，如今較真起來，就算是十頭牛也無法把他拉回來。

「阿福，你……」典滿嚇了一跳，連忙上前想要把曹朋攔住。

哪知他的手剛拍在曹朋的肩頭，曹朋一塌肩膀，反手拖住他的手臂，身形向後一靠，一下子把典滿撞翻在地。典韋頓時傻眼了，以前覺得曹朋挺溫和的，怎麼今天卻變得如此張狂呢？

「阿福，你站住！」

曹朋理也不理，只管往外走。

「給我攔住他！」

典韋連忙下令，虎賁軍立刻蜂擁而上，攔住了曹朋的去路。曹朋這一下可真怒了！

「既然視我棄若敝屣，攔我作甚？」

「阿福，你有什麼不滿意，待會兒可以向曹公說。曹公把你找來，你卻不告而別，成何體統？」

「曹公只重那無義小人，安得將我等放在眼中？那劉玄德劫掠我糧草，打傷我部曲。曹公連問也不問，只顧著和那大耳賊親熱，我留在這裡，又有何用？」

曹朋的聲音很大，直傳進中軍大帳。說實在話，曹操的確是更看重劉備一些，所以在剛才，不知不覺便忽視了曹朋的存在。而曹朋在大帳外這麼一鬧，中軍大帳裡的人一個個都透出不服之色。

本來劉備占了上風，坐在帳中，心裡還有些得意：我劫了你的糧，打了你的部曲，你又能如何？在曹公眼中，你不過是個無知小兒，立了些功勞，就以為自己可以為所欲為了嗎？

可現在，他卻如坐針氈。

曹操的臉，騰地一下子沉了下來。

「讓那小子，報門而入。」曹操也覺得臉上無光，大聲喝道。

帳中眾人不由得微微蹙眉，似乎對曹操的這個舉動有些不太滿意。

「阿福，主公要你報門而入。」

「我又沒有做錯事情，憑什麼要我報門而入？難不成，搶了別人東西反而有理，我等拚死拚活，卻連個說理的地方都沒有了嗎？曹公如此待我，我不服氣……既然如此，我這就告辭。」

換個人，說不定就低頭了。可曹朋這時候，絕不可能低頭。

他知道自己占著道理，如果這時候退一步，之前所做的種種努力就等於白費了。他就是要讓曹操知道自己的存在、記住自己的存在，他要告訴曹操，他所做的事情沒有錯誤！

劉備心裡的得意，蕩然無存。

大帳之中，眾人的眼神如同刀子一樣在他身上割過來、剜過去，讓他感覺很難受。

「曹公，今日之事，實是備之過錯，備馭下不嚴，方惹出來這般禍事。六千斛糧草，備分毫未動，旋即便命人送還曹公，還請曹公多多見諒。至於那小將軍……其實並沒有錯，只是備平日裡太過驕縱，以至於……孟德，千錯萬錯，都是備的錯。還請你莫要怪罪小將軍，否則備心中，實難以安定啊。」

「誒，玄德何必在意，不過是小小誤會，卻被那小子大題小做了！」曹操擺手，「六千斛糧草，就留在玄德處吧。只是還請玄德回去多多約束，以免再出差池。」

說罷，曹操厲聲喝道：「典韋，還不把那小子押起來！」

典韋在帳外得到了命令，一把便抱住了曹朋，「阿福，別再鬧了……你再鬧下去，也奈何不得劉玄德，反而會把自己折了進去。」

「我……」

典韋大手一下子捂住了曹朋的嘴，抱著他走到一旁小帳中，然後把曹朋推進去，「聽我說，我也知道你委屈，可大戰之時，當從大局考慮。主公不是不想治罪，只是那劉玄德好歹也算是一方人傑，若逼急了他，只怕會與戰局不利。阿福，聽我的話，你且待在這兒，莫再吵鬧。」

曹朋怒道：「你典君明，也開始知曉大局了嗎！大丈夫做事，當機立斷。那劉玄德是什麼人，你難道不清楚？若呂布是虓虎，劉玄德就是一頭養不熟的白眼狼。曹公放著麾下諸多將士不理，卻只看重那劉玄德，豈不是令我等寒心？那大耳賊，比呂布更忘恩負義。如果由之任之，早晚必定會成為主公的心腹之患……」

典韋啞口無言，只能訕訕然，退出軍帳。

主公今天的舉動，只怕是真怒了阿福……不過此事若換在我身上，我也不會放過那劉玄德！

政治是什麼東西？說穿了，就是集天底下最不要臉、最醜陋、最黑暗於一體。

曹朋不是不懂政治，只是他永遠也學不會那種所謂的『厚黑』。他就是看不過去，就是覺得曹操厚此薄彼。

占居海西的是我們，為你提供糧草的是我們，甚至幫你打仗的也是我們。偏偏你要看重根本不可能依附你的劉備？

曹朋不可能成為一個政治家，這是由他的性格所注定。

不過，曹朋在中軍大帳外這一場大鬧，卻使得劉備有些坐立不安，與曹操寒暄幾句之後，便告辭離去。他離開大帳的時候，典韋正好進來。兩人錯身而過的剎那，典韋突然冷哼一聲，側身蓬的一下撞在劉備的身上，把劉備撞得一個趔趄，又做出一副好心的模樣攙扶。

「玄德公小心。」他咬牙切齒，在劉備耳邊低語：「這件事，不算完。」

劉備心中暗自叫苦，卻只能強作歡顏，連聲道：「沒關係、沒關係。」他本以為曹朋只是一個出身普通的少年，現在看來，這曹朋在曹營之中的人脈可不算小。

典韋走進大帳，插手復命。可曹操卻陰沉著臉，似乎一點也不開懷。

「諸公，玄德乃漢室宗親，雖非當今名士，卻是有大能之人。我看重他寬待他，難道有錯嗎？」

大帳裡，一陣沉默。

「沒錯，曹友學確有功勞，而且也確實受了委屈。但如今大戰未平息，呂布尚未平定。我自當穩住劉備，以免被那呂布得了便宜……這樣難道不對嗎？劉備，人傑也！友學今日之舉，不免有些不知進退，弄不好會壞了這徐州戰事。」

荀攸突然起身，「司空，友學雖有不對，然則並無過錯。呂布，甕中之鱉，不足為慮。可主公您如此善待劉玄德，需知那劉備猶甚於呂布呂奉先。」

「主公，您今日能圍攻下邳，靠的是將士們效命，是叔孫、友學這等人拚死爭先，與那劉玄德有何干係？最初您未打下彭城的時候，劉備所部推三阻四，只知討要輜重，進展緩慢；那時候，這淮泗之地，是友學他們拚死拖住了呂布的後腿……而今，您大軍包圍下邳，劉備跑得比誰都快……您也看到了，您對他如此寬厚，可他那些部曲，根本就不在意您。」

曹操沉默半晌，問道：「那小子現在如何？」

「他……反正不是很高興。不過，小孩子脾氣，主公也不需要往心裡去。這種事情若放在我的身上，也未必會感到開懷。」典韋小心翼翼回答。

曹操不由得笑了，「君明，我不會和那小子計較……不過諸公也認為，我太善待劉玄德嗎？」

「主公，您太善待他們了！」曹洪呼的站起來，大聲道：「以我看，劉玄德也不過徒有虛名。」

曹操長出一口氣，撚鬚陷入沉思。

「對了，奉孝呢？」

「奉孝午後出去了，說是想看一看下邳的地形。」

「若他回來，讓他立刻見我。」曹操沉吟片刻，抬頭道：「曹友學和他那些部曲，先入營再說，暫時就先歸入子廉統帥。子廉，你給我好生管教一下那小子，來年要任農都尉的人，怎能如此莽撞，存不住半點事情？至於劉玄德……我給他六千斛糧食，倒要看他如何表現。」

眾人聽聞，不由得了然於胸。

劉備雖得了六千斛糧食，再想出工不出力，怕沒那麼容易了……

曹操的便宜，又豈是他劉玄德那麼容易就能占到？接下來，他若不狂攻下邳，只怕也說不過去。

快到戌時，郭嘉從外面回來，一進大營就聽說了曹朋大鬧劉備兵營的事情，不由得啞然失笑。

曹操本已經睡下，得知郭嘉回來，忙又披衣而起。在軍帳裡坐下之後，他命人奉上酒水，而後長嘆一聲。

「主公，可是為友學午後之舉措而煩惱？」

「這小傢伙還真不安分，出了這麼大的事情，他不先與我稟報，反而帶著部曲找劉備麻煩。」

「主公，這是好事啊。」

「好事？」

「若不如此，那劉玄德又豈能拚命？」

「可是……」

「主公，曹朋越如此，就越是說明他胸懷坦蕩。至於恃功自傲，倒也未必，恐怕更多的是因為他為主公著想。劉玄德搶了主公的糧草，他若不鬧一鬧，主公你這一棒子，又豈能落下？」

曹操笑了！「知我者，奉孝也。」

沒錯，劉備搶了糧草，曹操卻不能明目張膽的怪罪。但有曹朋這一鬧，曹操雖然沒有怪罪劉備，可是卻比任何怪罪的言語都要狠毒。劉備只能拚命攻城，而無法再找藉口推脫。同時，曹操還能藉此機會，得一個寬厚、禮賢下士之名，算是一舉兩得。只是曹操的這些心思，卻不能告訴別人，唯有郭嘉猜到了他心中的想法。

「不過，曹朋倒是說對了一句話，劉備之害，尤甚虓虎。」

「那該如何才好？」

郭嘉微微一笑，「虎能傷人，只因行於山林，若困於牢籠，也就只有被人觀賞，難以為害。此戰結束之後，主公正可藉機將他帶去許都。等到了許都，那劉備就算再厲害，又能如何？到時候，主公甚至不費一兵一卒，只需一紙詔書，便可令他身首異處。劉備若在外，就是食人猛虎，若在許都，與貓犬有什麼區別呢？」

曹操聽聞，頓時撫掌大笑：「奉孝所言，深得我心。」

郭嘉臉色一肅，輕聲道：「主公，還有一件事，需與主公知。」

「但說無妨。」

「我有一計，可破下邳堅城。說起來，此計還賴於曹朋提醒。曹朋曾與圓德和明理戲言，說下邳四面環水，可一舉破之。我午後查看了一下地形，發現這下邳果如其言。下邳所處，正是一處凹地，有沂水、泗水穿行……如今正值隆冬，河水不急，主公何不趁機築壩蓄水，待時機成熟之後，水淹下邳。到時候，任他多高城池，也不得用。」

「築壩蓄水，水淹下邳？」曹操大喜，不過旋即苦笑道：「你說這曹朋，時而莽撞，時而又計謀過人。這孩子德行和才華都算不弱，說實在話，我倒是覺得讓他留在廣陵，似乎有些委屈了……」

郭嘉道：「正因他剛直，才需磨練啊。」

曹操猶豫了一下，「那就讓他先留在下邳，暫時受子廉調派。不是要築壩蓄水嗎？就讓子廉負責此事……傳我命令，自明日起，猛攻下邳，不可使其有喘息之機。」

說是不給呂布喘息之機，倒不如說是為了掩護築壩蓄水，令呂布無法覺察。

就這樣，曹朋如願以償的留在了下邳城外，而且是在曹洪帳下效力，所以也就顯得很自在。他和曹洪是合作夥伴，洛陽的盛世賭坊，如今可謂日進斗金。

曹洪自然不會虧待曹朋，任他為軍中司馬，假參軍事，負責築壩蓄水的警戒工作。雖名為曹洪部曲，實際上如同自領一軍。而曹朋每天除了和曹洪一起閒聊，更多的則是關注下邳戰局。

十一月十五，呂布突然殺出下邳，背負呂藍，想要殺出重圍。沒想到被劉備覺察，率關羽和張飛出面阻攔，夏侯惇、徐晃等人跟著出動，最終使呂布無功而返，重又退回下邳。此一戰，劉備損失慘重，關羽和張飛都受了傷，無力繼續攻城。隨後，曹操命劉備所部自南門撤退，由曹洪所部接掌。

劉備手下兵馬，除了他的『白毦兵』之外，全部成為曹洪部屬。劉備雖不情願，卻也無可奈何，只好讓出了手中兵馬，帶著他那些部曲，退至北門中軍大營之中，聽候曹操的調遣。

曹操輕描淡寫的化解了劉備的兵權，使得曹朋感慨萬千。不過他更關心下邳的狀況……因為他知道，呂布突圍，實際上是為了得到袁術的援兵。突圍不成，呂布再也沒有半點希望。

接下來，等待呂布的只有滅亡，而曹朋也隨之展開行動！

# 章九

# 水攻

曹朋登上望樓，鳥瞰南城門戰場，但心思早已飛到了北城門外。

十一月二十七日，沂水、泗水等河流已築壩蓄水結束。呂布敗亡的日子，已為時不遠。可一直到目前為止，曹朋也沒能想出一個妥善的法子。原因嘛，很簡單。

呂布其實還是想偷生苟全，但陳宮態度堅決。

同時，呂布也不可能放下架子，真的向曹操低頭。後世白門樓上，呂布被擒之後曾與曹操說：我服了你，以後我們兩個聯手，我領騎軍，你統步軍，天底下再也無人能抵擋明公。

這句話乍聽，似乎並沒有什麼問題。可如果仔細琢磨，就能咂摸出一點不尋常的滋味。

你這還沒有投降呢，就想要獨領一軍？而且還是最精銳的騎軍……你統騎軍，曹操領步軍，那打出來的戰果又該算誰的呢？嘴巴上呂布願意臣服曹操，可是這心裡面，還是把自己看作溫侯。這就是一個位置的問題。呂布即便是被曹操俘虜了，也沒有能擺正自己的位子。

如此情況下，曹操又豈能饒過呂布？

呂布武勇天下第一，這一點誰都不能否認。而他統領騎軍的能力又強，臨陣變化，指揮方面甚至無人可以比擬。如果他是一員戰將，還好說一些，可問題是，呂布的野心太大了！而他的能力，從來都沒能和他的野心成正比。說好聽一點，呂布是單純；說難聽一些，他就是愚蠢……

為武將者，是單純；但逐鹿天下，就是愚蠢。

呂布，還沒有成為一個政治家的必要覺悟，厚與黑都做得不夠，偏偏又野心勃勃，不死若何？

這樣一個人，如何救？且不說救了呂布之後，會和老曹翻臉；就算和老曹不翻臉，曹朋就能降伏得了呂布不成？

救了之後，如何用？這問題一直困擾著曹朋，使他最終決定放棄救援呂布。

不救呂布，只救他的家人……這個難度相對來說，還算輕鬆一點。從歷史的經驗來看，老曹應該沒有危難呂布的家人，只是後來究竟是什麼結局，誰也不清楚。呂布沒有兒子……不對，有一個假子，但不足為慮。一群女人，威脅相對較弱，真救下了，曹操也不會翻臉。

可問題又來了，怎麼救？

遠處城樓下，喊殺聲震天價響；大營中，卻是肅穆而整齊。

曹朋到了曹洪帳下之後，除了他手中精選出來、經歷過曲陽之戰的三百銳士之外，餘者盡數交付曹洪。在他眼中，一千多兵卒交出去似乎很可惜，但實際上卻卸下了一個老大包袱。

那些人，並非海西人，也沒有經過生死大戰。

說穿了，這一千多兵卒是由降卒組成，對曹朋並無太多歸附之心。

東陵亭有二百兵卒，曲陽尚有三百留守，而手中留有三百人，對曹朋目前而言，已足夠了！他的身分和地位還達不到那種動輒上千衛隊的資格。

有這八百人，已經逾越了禮制。雖說亂世之中不需要在意那麼多的禮法，可他現在是曹操的手下，必須要考慮到曹操的想法。換句話說，他必須交出兵權！留有八百人，曹操不會在意，可如果留下幾千人，曹操肯定會有忌憚。遲早要交出去，倒不如爽快些，主動交出。

再說了，曹朋和曹洪關係親密，交給曹洪也算是交給了自家人。

曹朋這種爽利的態度，也著實讓曹洪開懷。接收一千七百兵卒後，曹洪便奏報曹操，由曹朋派人繼續執掌下相。道理很簡單，下相轉運的糧草，全都是曹朋提供，自然該由他執掌。

曹操不會駁了曹洪的面子，欣然答應。

旋即，曹洪以鄧範為別部司馬，假下相長事，坐鎮下相。

為什麼是鄧範？而不是潘璋，夏侯蘭等人？

論能力、論才學，潘璋和夏侯蘭，甚至包括王旭在內，都比鄧範強。

但可別忘記了，鄧範還有另一個身分，那就是小八義之中的老五。換句話說，鄧範和曹朋一樣，那都是自己人。這種情況下，曹洪當然選擇更熟悉的鄧範，而非潘璋和夏侯蘭等人……不過，曹朋沒有忘記為潘璋和夏侯蘭請功，包括暫代曲陽長的步騭，統一被任別部司馬，也算是有了一個交代。

曹洪任命的別部司馬，可是比之前他們所任的別部司馬強。之前曹朋任他們別部司馬，不在朝廷登錄，可曹洪任的別部司馬是軍職，在朝廷中有登錄，也算正式成為朝廷官員，配二百石俸祿，比之早先，自然不同。用一千七百人換來眾人的前程，更能減少自己的麻煩，曹朋何樂而不為？

所以，潘璋和夏侯蘭隨鄧範出鎮下相，曹朋只留下甘寧在自己身邊。

十一月的徐州，天氣很冷。望樓下，三百悍卒身著黑兕披衣，挎刀執矛，背弓負箭，整齊而肅穆的立於周圍。甘寧站在曹朋身側，已換下身上錦袍，改著黑兕披衣。

披衣，類似於一種披風的服裝，內著一件魚鱗鐵劄甲。這魚鱗劄甲，由兩千兩百枚鐵片製成，重四十餘斤。如果不是甘寧這種力大魁梧者，普通人根本無法穿戴。曹朋奪取了下相之後，從府庫中得來這件劄甲，贈與了甘寧。

「公子，何故不成聲？」

「我在想，該如何才能救出呂布家人。」
甘寧道：「這有何難，讓呂布把家人送出來不就是了？」
「哪有這麼容易！」曹朋笑了笑，聲音放低，「呂布手下，心也不齊。況且呂布猶自存幻想，豈能輕易把家人送出？想要神不知鬼不覺將他家人救出來，首先就是要保密。還有一點，呂布……我救不得他！如何能使他絕了念想，終究是一樁麻煩事情，我尚未想出妥貼主意。」
「那……」
「此事不急，呂布尚未到山窮水盡之地，必然不會輕易相從。」
「山窮水盡？」甘寧問道：「那要等到什麼時候？」
曹朋揉著面頰回答：「也許，就在今晚！」
建安三年十一月二十九，天色轉陰。一夜寒風呼號，氣溫陡降，至午時，鵝毛大雪紛紛揚揚灑落，徐州迎來了建安三年的初雪。雪勢越來越大，在午後達到了極致。
狂風捲過雪花漫天飛揚，使得人們視線受阻。如此惡劣的天氣，根本無法對下邳發動攻擊。於是曹操下令，暫休兵一日，待大雪停息之後再做攻擊，同時下令各部兵馬後撤十里。
下邳城南的軍營中，曹朋、曹洪、甘寧，以及正好輪休前來找曹朋的典滿、許儀，正聚集於大帳中開戰。一張四四方方的桌子，上面鋪著罕見的白鹿絨毯。白鹿絨毯上，擺放著一百零八張用玉石雕琢而成的麻將牌。這麻將牌透著淡淡的翡翠綠，一看就知道屬於那種名貴玉石。

曹洪做莊，興高采烈的打出一張牌，咧大嘴笑道：「老子這把牌，贏定了。」

典滿紅著眼睛，惡狠狠道：「勝負尚未可知。」

甘寧一言不發，臉上明顯透著緊張；而許儀呢，一臉頹然之色，顯然是輸了不少……

「今夜，不安寧啊！」

大帳外，黑漆漆，寂靜無聲。除了巡夜的巡兵之外，所有人都縮在帳篷裡，不肯出來。

「公子，你說呂布會不會偷營？」

「不好說……不過不用擔心，營中早已做好了準備。如果呂布出城，那就是自尋死路。」

鄧芝低聲道：「那可有什麼頭緒？」

曹朋左右看了一眼，「我已命楚戈混入城中，那小子眼皮子活絡，想來可以找到機會。」

「但願得！」鄧芝呼了一口濁氣，接著又道：「我還是覺得，咱們這一次，有些冒險了。」

「冒不冒險，咱們都已經在這裡了。大丈夫恩怨分明，既知有危險，有些事情也必須去做。」

鄧芝頗為讚賞的點點頭！

東漢末年，國家這個概念並不明確，甚至有些模糊。

自古以來的家天下思想，使得人們首先考慮的是『家』的感念，對『家』的忠誠。所謂忠貞，並不是沒有，但這個概念和國家的概念一樣，都很模糊。人們評判一個人的好與壞，首先是從『義』字考慮。這『義』又是什麼？其涵蓋的範圍很大，一時間也無法說清楚。對父母的孝，對國家的忠，對朋友的情……等等諸如此類的概念，都可以歸攏到『義』字當中。

子曰：君子之於天下也，無適也，無莫也，義之與比。

不管這個『義』自孔子傳至東漢末年，其含義出現了多大的變化，重義之人，總能令人敬佩。

軍帳中，有些喧鬧。忽然，曹朋站起身來，走到大帳門口，側耳傾聽。只聽遠處傳來天崩地裂的聲響，轟隆隆似萬馬奔騰……

「決堤了！」曹朋大喊一聲，匆匆走出軍帳，爬上瞭望樓。

他手搭涼棚向外觀瞧，夜色中，一道亮白銀線出現，轉眼間變成滔天巨浪，呼嘯著朝下邳方向衝去。下邳的地勢相對偏低，那河水湧來，迅速便淹沒過去。沂水等四條河流蓄水十餘日，其水量已經積蓄到了驚人的地步，河水捲著木樁巨石，呼嘯著向下邳城衝擊而去。

轟隆，轟隆……

四條河流的洪水匯聚在一起，拍打在下邳城牆之上，發出轟鳴之聲。早已做好準備、撤退到高處的曹軍，看著滔天洪水襲來的剎那，也不禁一個個變了臉色。

曹洪哈哈大笑，甘寧面色凝重。而曹朋看著身下汪洋，不由得輕嘆一聲：「下邳，完了！」

隨著他這一聲感慨，忽聽下邳城方向傳來一聲轟鳴。黑夜中，半截城牆承受不住凶猛的洪水衝擊，一下子倒塌，一道可以容納三輛馬車出入的缺口驟然出現。

「破城了，破城了！」下邳城中，人們奔走呼喊，嘶聲不止。

曹朋神色慘然，默然不語。好半天，他自言自語道：「峰巒如聚，波濤如怒。山河表裡徐州路。邳王都，意躊躇。傷心秦楚經行處，宮闕萬間都做了土……興，百姓苦，亡，百姓苦。」

鄧芝聽得真切，不由得激靈靈打了一個寒顫。

興，百姓苦；亡，百姓苦……

下邳，作為昔日下邳國王都所在，堅厚城牆終於擋不住洪水衝擊，在一夜之間轟然倒塌。洪水沖進了下邳城內，摧毀無數房舍，更使得百姓失去了家園。

不過，下邳共有內外小三道城牆。外城告破之後，呂布在第一時間收攏兵馬，自外城後撤，退入內城堅守。此時呂布手中只剩下三、四千人，但據城而守，已經足夠。內城城牆不似外城高，但勝在堅厚。

曹操即便是想要強攻內城，也必須花費巨大的代價。這不是曹操所期望的結果……殺敵一千，自損八百，那豈不是兩敗俱傷，平白便宜了別人？

就在他躊躇之時，荀攸獻出一計：「明公何必憂慮？呂布如今已成甕中之鱉。外城告破，他再無回還餘地。兵法有云：十則圍之，五則攻之……今明公兵力十倍於呂布，更有海西存糧，使明公糧道不絕，無後顧之憂。下邳內城，能有許多存糧？只需圍城，不出十日，下邳必破。到時候，那呂布就算有天大能耐，也只有束手就擒……明公實多慮也。」

曹操聽聞此計，不由得喜出望外。沒錯，小小的下邳內城，又能有多少糧草？呂布空有三、四千兵馬，再加上小城裡的家丁奴僕，以及內城裡的官員故吏，足足有六千人，這些人每日消耗的糧草可不是一個小數目。只要把下邳給圍死了，那麼用不了多久，呂布部曲不攻自破。

曹操立刻下令，將下邳內城團團圍住……

水淹下邳的第二天，曹朋隨曹洪所部，進駐下邳城中。行走於濕涔涔的街道上，曹朋突然間生出無限感慨：「二哥、三哥，還記得一年前，咱們在這裡與呂布交鋒嗎？」

長街空蕩蕩，兩邊酒樓冷冷清清。

一年前，曹朋、典滿和許儀三人，曾在這裡與呂布進行過一次短暫的交鋒。那一次，合三人之力，卻被呂布一擊而敗。如今回想起來，令人頗有些感慨，世事無常……

曹朋勒住戰馬，抬頭仰望長街旁的酒樓。那天，呂藍就在這酒樓中觀戰，也正是因為她的緣故，才使得自己一行人免於被殺之厄。

當日，她救了我！

曹朋猛然發現，他欠呂家的，不止是貂蟬一個人，還有呂藍。嬌憨的笑聲在耳邊迴響，那張天真的笑靨浮現在曹朋的眼前：無論如何，我也要救她們！

曹朋下意識握緊了拳頭。

「曹友學，救我！」

就在曹朋陷入沉思之時，忽然聽到一聲呼喚。他抬頭看去，不由得笑了……

昔日繁華下邳王都，此時此刻破敗不堪。洪水退去，許多地方只剩下殘垣斷壁，特別是貧民區幾乎被洪水抹平，隨處可見冰冷死屍。

陳群倒楣透了！從廣陵返回後，被強征為下邳從事，他雖然不願意，但念在老父寄人籬下，最終還是就任。可沒想到，剛當了幾天從事，便遇到這場大戰……於是乎，城破之後，身為佐吏的陳群沒等逃進內城，就被入城的曹軍捉住。

天氣雖冷，可曹操不敢倦怠。入城之後立刻命人收整下邳城，把那些死屍埋葬，還有清理殘垣斷壁的廢墟。這麼冷的天氣，又濕漉漉，曹軍也不願意受這等苦，於是便把俘虜過來的軍卒和下邳吏員趕到街頭，清理雜物。

天剛亮，冷得讓人穿厚衣也止不住哆嗦。
陳群哪受過這等苦楚，被人趕上長街，拎著一枝大掃帚，哭喪著臉，清掃街道。曹朋三人經過時，陳群正被兩名曹軍斥責。當他看到曹朋之後，如撥雲見日，忍不住大聲呼喊。
曹朋順著聲音看去，差點認不出陳群。可憐當年風度翩翩的名士，此刻衣衫襤褸，好不淒然。
所以說，人靠衣服馬靠鞍，氣質再好，換上一身髒兮兮的衣服，也就沒什麼氣質了。
曹朋忍不住笑了，一催胯下馬，照夜白便衝上前去，「大兄，怎落得如此淒慘？」
陳群臉髒兮兮的，苦笑道：「一言難盡。」
負責看管陳群做工的軍卒是夏侯惇的部曲，他們認得曹朋，也聽說這傢伙在被劫走糧草後，為了給部曲討公道，不惜堵住劉備的大營。對於一個願意為部曲出頭討公道的主將，軍卒們都很敬重。
雖然曹朋年紀不大，可人家上面有人……據說和國明亭侯、都護將軍曹洪是合作夥伴，在洛陽開設了一家賭場，日進斗金；還與曹操的族子曹真，是結義兄弟，堂堂小八義之一。曹操身邊的謀士，郭嘉、荀攸，對這個少年似乎也關愛有加，頗為看重。此外，他還是虎賁中郎將典韋的救命恩人。其父是少府諸冶監監令，內兄是海西縣令……如今曹軍的糧草，全部都是由海西縣一手提供。
這種種身分，也由不得軍卒們怠慢。
兩名五大三粗的軍卒走上前，「卑職見過曹司馬、典郎將、許郎將。」

「你們是……」

「我等是高安鄉侯部曲。」

高安鄉侯，就是夏侯惇。興平二年時，夏侯惇為陳留太守，被封為建武將軍，高安鄉侯。建安元年遷河南尹，保留了將軍號與爵位。

曹朋聽聞，也不敢怠慢。他知道夏侯惇，那也是曹魏集團中極富盛名，位高權重之人。至少在目前來看，夏侯惇比曹洪更得曹操重用。所以曹朋即便是勾搭上了曹洪，也不敢怠慢夏侯惇的部曲。

「這位是穎川名士陳群陳長文，乃穎川陳寔之孫，爾等怎能讓他做這種粗鄙的事情？」

「啊？」兩個軍卒聽聞一怔，向陳群看去。

只見陳群一身皺巴巴的長衫，縮著脖子，兩手插在袖子裡，哪裡有半點名士風采？

曹朋看了陳群一眼，也不禁啞然失笑。他和典滿、許儀下了馬，解下身上黑氈披衣，搭在陳群身上。

「此人，我帶走了……請轉告高安鄉侯，徐州名士頗多，還請清查一番。莫要做了有辱斯文之事，平添煩惱。對了，這麼冷的天氣，也給他們準備一些熱粥水，不要壞了司空的名聲。」

「喏！」兩個軍卒連忙應道：「卑職這就轉告上官。」

曹朋搭著陳群的肩膀，呵呵笑著，一邊走還一邊道：「好了好了，大兄你也是……你不報上名號，他們怎知道你是什麼人？曹公此次出兵，哪裡顧得了太多事情，你這純粹是死要面子活受罪。」

陳群哼唧了幾聲，赧然而笑。

典滿和許儀跟在後面，他二人和陳群不太熟悉，但陳寔的名字卻聽說過。知道陳群是陳寔之孫，也不由得肅然起敬。兩人走在後面，不知不覺，一行人便到了曹洪屯紮的大營門外。

「曹司馬，將軍有請！」一個黑甿披衣衛士跑過來，躬身行禮。

「羅德，將軍有何吩咐？」

「沒什麼大事，司空傳令下來，命咱們對內城圍而不攻，所以將軍請曹司馬商議值守之事。」

這黑甿衛士是曹洪的親隨，譙縣人，曾是曹家的佃戶。後來曹洪起兵支援曹操，羅德便跟隨曹洪前來。想當初一大批鄉勇，如今也所剩無幾，故而曹洪對羅德非常看重，有許多事情都是由羅德下去安排。而曹朋和羅德關係不錯，私下裡也有交情。

他點點頭，對陳群道：「長文，那先委屈你到我帳中休息，先用些粥水，洗個熱水澡，換件衣服。待我與都護將軍商議完畢，再引薦你……以長文大才，必能獲得曹司空的看重。」

陳群惡狠狠道：「粥水裡，加些茱萸。」

茱萸，又名越椒，生長於江浙安徽地區，別名艾子。其味芬芳，不屬蘭桂。果實極辛香，可以食用。莖葉能入藥，功能暖胃燥濕，茱萸葉還可以治療霍亂等傳染病，根可以殺蟲……

東漢末年時，尚無辣椒這種食物，人們多以茱萸增味。這種植物，在徐州很常見，多生於山溝、溪旁或濕潤的山坡上，在下邳城外更是處處可見。所以在下邳找茱萸並不困難。

曹朋搭著陳群肩膀，忍不住哈哈大笑：「長文，我看你還是凍得不狠，否則哪來這許多要求。」

陳群哼哼兩聲，也不禁笑了！

曹朋讓甘寧帶陳群回軍帳中休息，自己和典滿、許儀兩人，隨著羅德大步來到了曹洪的住所。

曹洪的行營，就設在內城東門。這裡也是下邳的富戶住所，曹洪就住在一個本地富戶的豪宅之中，占地面積頗廣，九進九出，朱漆大門兩側有栓馬樁，還有衛兵值守。

曹朋抵達的時候，就看見一個胖乎乎的中年男子從裡面出來。那張圓圓臉上，帶著阿諛笑容。

中年男子見到曹朋，連忙打招呼。不過曹朋的目光卻沒有留意對方，而是直接越過了中年男子的肩頭，盯著他身後的兩個壯漢，其中一個臉上帶著明顯的傷疤，似乎有些面熟。當和中年男子錯身而過的時候，他突然喊住了對方。

「你，叫什麼名字？」曹朋看著那臉上帶疤的壯漢，沉聲喝問。

門口一個門丁，也是曹洪的部曲，連忙說：「曹司馬問你們話呢，還不趕快回答！」

看起來，這門丁一定是收了不少好處，一句話便點出了曹朋的身分和官職。他本是好意，卻不想那壯漢激靈靈打了個寒顫，目光游離，低著頭不開口，更使得曹朋感到疑惑。

「啊，小人周延……」胖乎乎的中年男子趕緊回道。

「我沒問你，你給我閉嘴！」曹朋眼睛一瞪，周延立刻不敢出聲。

如今的曹朋，可不是當年從許都走出來的曹朋，經歷一年的磨練，也算是走遍大江南北（淮南走過了，江東也去過了）。特別是曲陽之戰以後，曹朋在舉手投足間，不經意就會有一股殺氣。那可不是殺了一、兩個人就能凝聚出的氣質，曹朋在曲陽的時候，死在他手裡的下邳兵，沒有一百也有六、七十，那種氣勢，一般人承受不起。

「小人……」疤面漢子喏喏開口。

不過不等他說完，曹朋手指著他，忍不住大笑：「我想起來了……本打算過些時候再收拾你，沒想到你他娘的自己送上門。你姓周，對不對？」

周延心裡突了一下，看看曹朋，又看了看身後的壯漢。

有句俗話說得好：不是冤家不聚頭！

一年前，曹朋和陳群一同前往廣陵赴任，在途中順便去盱眙探望步騭的嬸娘，遇到本家人逼問債務，曹朋當時出手教訓了對方，而後帶著步騭的嬸娘，還有步鸞離開盱眙。周延，就是步騭嬸娘的姪子，因為他們的族兄周逵，而與當時的盱眙長宋廣勾結。如今，宋廣死在了潘璋手裡，周逵也成了甘寧刀下亡魂。周家失去了可以依持的靠山，便想投奔曹洪。

曹朋一擺手，「把他們拿下！」

「啊？」門丁一愣。

卻聽羅德厲聲喝道：「未聽到曹司馬吩咐？把這些反賊，拿下！」

這貨更毒辣……

他雖然不知道周延怎麼得罪了曹朋，可他卻知道，曹朋和曹洪的關係，那絕對是死鐵。

如今盛世賭坊的規模可不小，幾乎把潁川許多豪族富戶吸引過去。曹洪更是在曹朋的建議下開始稀釋自家股份，把他本家兄長曹仁以及河南尹夏侯惇也拉了進來。這兩人進入之後，使得曹洪的地位隨之提高，不但遷都護將軍，更被封為國明亭侯……更不要說，曹洪每三個月會從曹朋的老爹曹汲那裡得一口大刀。單只是這些關係，就足以使兩家更親密。

「我不是反賊！」

羅德直接就給周延扣上了反賊的帽子，接下來是死是活，全憑曹朋的心思。

周延大聲叫喊，卻見從大門內蜂擁而出十數名精卒，上前把三人按在地上。那周延還要喊冤，就聽啪啪啪，一個健卒上前就是十幾個耳光，打得周延臉頰紅腫，牙齒隨之被打得脫落。

「押下去！」

曹朋扭頭看了羅德一眼。這小子夠狠，夠有眼色……

「阿福，你怎麼現在才來？」一進大廳，曹洪就朝著曹朋招手。

「叔父，剛才小姪在府外……遇到了一個仇家。那廝可能剛拜訪過叔父，可是小姪……小姪有一個婢女，說起來還是那周延的親戚。因貪小姪婢女母女的財貨，險些逼良為娼。小姪看到那些人，一時氣憤，所以就把他們抓起來……」

「周延？」曹洪一怔，撓了撓頭。「你說的，是那個盱眙周家的周延？」

「正是！」

曹洪聽聞，一擺手，「我當是多大的事情，不過是盱眙一介賈人。如今見司空占領下邳，想尋個依靠。不過他既然得罪了賢姪，抓就抓了，算不得事情。羅德，改天把周家抄了。」

有道是破家縣令，滅門令尹。曹洪雖說不是什麼令尹，但想要滅了一個賈人，卻易如反掌。這種事情，在曹洪眼中還真算不得事情。曹朋把人抓了，而曹洪直接就是把人一家滅了！

在這個時代，誰有權，誰就是爺！又有什麼人會跑出來說三道四？

「司空下令，圍困內城，圍而不攻……咱爺們兒駐守東城，可不能出了岔子。我想了一下，從今天開始，必須嚴加防範。內城東門，除一個正門之外，還有兩個偏門。我駐守中軍，圍困正門，阿福你就負責守住南邊的側門。我與你兩千兵馬，假司馬事，且不可有差池。」

曹朋聽聞，不由得大喜。正愁著如何救呂布家眷，沒想到剛打瞌睡，曹洪就把枕頭遞過來。

獨守一門，卻足以使曹朋獲得足夠便利。解救呂布家眷，有三個環節必須注意：首先呂布要配合，這一點目前還不知曉；其次能獨立行事，獨守一門，便有了這種機會；第三點就是設法把人送走。曹朋也已經做好了計畫。現在的問題是，如何使呂布配合自己的行動呢？

這也是三個環節之中，最難辦的一件事。

不過，曹朋倒是不急，只要能獨立行事，總能找到機會……

曹洪分派完畢軍務後，曹朋說：「叔父，我今日在街道巡視，發現了一個問題。我見到一個人，被趕到街上清掃。你也知道，當初豫州動盪，有不少當地名士流落徐州，寄居在呂布帳下。我今天見到的便是穎川四長之一，陳寔之孫陳群。此人才華出眾，博學多聞，乃穎川有名的士人……我想請叔父代為引薦，向司空推舉此人。如此一來，於叔父而言，倒也是一樁妙事。」

「陳群？」曹洪點了點頭，露出沉吟之色。「陳群這個名字，我的確是聽說過，倒是沒想到他會淪落到這種地步。既然如此，我自會在主公帳前說項……哦，你說到這件事，我倒是險些忘了。奉孝找你，讓你過去見他。」

「郭祭酒找我？」曹朋聽聞，頓時一怔。好端端的，郭嘉找他，又是何故？

# 章十

# 遙想奉先當年

寒風凜冽，已進入十二月。

建安三年的最後一個月，格外寒冷。自初一開始，連續兩天的降雪，殘破的下邳城一片白茫茫。

楚戈混入內城之後，一直在等待機會。他的口音，不是下邳口音，不過在這個流民四起的年代，口音變得不再重要。呂布帳下的兵卒也是天南地北，什麼地方的口音都有，並州人、洛陽人、長安人、兗州人、青州人、徐州人……楚戈祖籍冀州，不過從小隨父母流浪，能說得各個地方的方言，所以也沒有惹出懷疑。他以一個軍卒的身分混入內城，表現的很低調，更不會讓人產生什麼懷疑念頭。

最重要的是，下邳內城的兵員結構也很複雜。

有呂布的親衛，也有從外城逃進內城的軍卒……兵找不到將，將找不到兵。楚戈的武藝不錯，於是便順理成章的成為一個都伯，手底下還被分配了三十個兵卒，都是散兵游勇序列。

楚戈，一直在等待機會。

進入十二月以後，呂布的處境明顯變得更加危急。

內城的存糧並不多，幾千人食兩囷糧米，加起來不足六千斛糧食。普通士兵還好一些，但對於那些往日錦衣玉食的豪強大戶而言，顯然有些不夠。一時間，內城之中，人心惶惶。

曹操圍而不攻，使得呂布無用武之處。他只能命人加緊城防，並嚴禁在軍中飲酒。

初五，侯成丟失了一匹馬，後來在城中找到。那匹馬也是一匹大宛良駒，對侯成這樣的騎將而言，一匹好馬無異於他的命根子。寶馬失而復得，是一件高興的事情，於是侯成便請了軍中將士一起飲宴，並把酒肉獻與呂布。哪知道，呂布的心情正煩躁，一見侯成送來的酒肉，頓時勃然大怒：老子剛下令不許在軍中飲宴，你這傢伙就把酒肉送來，誠心噁心我？

呂布一怒，那是要殺人的！於是立刻命人把侯成拿下，當場就要砍頭。

幸得魏續等人苦苦求情，才使得呂布饒了侯成的性命。不過死罪可免，活罪難饒……八十杖脊是不可避免的事情，打得侯成心中怨恨不已。他本就不想再戰，奈何呂布凶猛，所以心懷畏懼。當天晚上，他把魏續找來，兩人一聊起來，侯成發現，魏續竟也對呂布不滿。

魏續是呂布的親戚，之所以不滿，卻是別有緣故。

他總覺得，呂布看他不起……

「子善這次回來，我見他總是悶悶不樂。前兩日和他說話，隱隱覺察到，他好像對君侯頗有怨念。你也知道，子善一直想要繼承君侯，然則終非君侯血脈，故而不能得逞。他如今在陳宮身邊做事，但明顯不是特別的盡心。」

侯成一怔，「你是說……」

「單憑你我，恐難成事。君侯如今不理城中是非，多由陳宮和高順打理。不過高順那人你也知道，不太容易對付。我有一計，可使你我建立功勳。日後榮華富貴，在此一搏，不知你可敢嘗試？」

侯成低下頭，沉默不語。

說起來，侯成是最早跟隨呂布的元老。八健將，八健將……實際上隨呂布起家的，並不多，最初是侯成，後來是魏續、曹性。等到了丁原帳下，才有了張遼、郝萌和宋憲。再後來，呂布歸附董卓，成廉加入其中。董卓死後，呂布轉戰兗州，於是又收下了當時的泰山賊，也就是臧霸臧宣高。可以說，八健將中真正的元老，是侯成、魏續和曹性這三個人……

高順，也是在丁原入洛陽之後，投奔了呂布。

要說沒感情，那是假話。侯成幾乎是和呂布一起長大，一起上陣殺敵，一起建功立業。

讓他反叛……

「沒有別的辦法了嗎？」侯成猶豫了一下，輕聲道：「比如說，你我直接逃離，投奔曹公？」

魏續冷哼一聲，「你我兩手空空投奔曹公，焉能得曹公看重？」

他長嘆道：「子良，我知你不忍害君侯，我又何嘗想要背叛？可如今形勢，已經清楚，奉先必敗無疑。看他如今，哪裡還有當年在並州時的風采？整個人頹然，只知與婦人作樂。有道是，識時務者為俊傑，奉先若把你我當兄弟，今日就不會給你八十背花。」

「我與奉先更親近，可奉先何曾看重過我？陷陣雖在我手中，可臨戰統兵，卻是高德循。一直以來，你我隨他東征西討，顛簸流離。他如今什麼都有了，你我卻依舊是沒沒無聞……提起你我之名，總說：他們是呂布帳下大將。大丈夫當搏功名，可我卻看不到半點希望。」

侯成本就心動，此時被魏續說中了心思，更是沉默不語。

「那你說，怎麼辦？」

「我自去聯絡子善，讓他拖住高順。你我領兵，去拿住陳公台。我聽說，曹公對陳公台恨之入骨，拿下他，可為你我覲見之禮。」

侯成看陳宮也不順眼。不僅僅是因為陳宮之前曾有謀反舉動，更因為他個性孤傲，從不理睬侯成等人。

事實上，陳宮在下邳，完全是一個超然的存在。呂布用他，卻又防他；陳宮效命於呂布，可是又看不起呂布。包括呂布帳下那些個將領，除了一個張遼之外，他也就是和高順親近。

侯成一咬牙，「既然如此，就依你所言。」

第二天，魏續偷偷找到了呂吉。果不出魏續所料，把話挑明之後，呂吉欣然答應。三人又聚在侯成家中，商議一番之後，決定連夜動手，以免夜長夢多。

陳宮掌內城防務，平日裡就住在內城中的一個官署當中。下邳曾是王都，麻雀雖小，五臟俱全，一應官署設立完備。內城的規模，頗似皇城，設有官署衙廳，陳宮平日就居住在下邳國相府之中……

高順掌刺奸巡幸，就是警備事宜。

而呂布呢，大多數時候是待在他那溫侯府，也就是昔日下邳國王都的王城之中。

當晚，魏續和侯成點起各自部曲，在魏續府中集結。呂吉沒有過來，他的職責是拖住高順。

萬事齊備，侯成和魏續便率部從側門出來，直奔國相府。

內城長街上，很安靜，只有沉重的呼吸，夾雜著凌亂的腳步聲。

下邳內城的街道，有點類似於丁字路。半條路通往王城，一條大道橫貫東西。國相府就在內城東南角，非常醒目。昔日，這裡是處理下邳國各種事宜的衙堂，國相就猶如朝廷的丞相。

## 章十 遙想奉先當年

而今，陳宮代內城防務，自然居住在此。

夜色中，國相府門口兩盞氣死風燈籠在寒風中飄擺，燈光忽明忽暗。大門緊閉，門口不見一人，冷冷清清。魏續大步上前，跳上了臺階，抓起門環蓬蓬蓬一陣捶打。

「誰啊！」國相府中傳來一聲問詢。

魏續道：「我是魏續，奉溫侯之命，有緊急軍情稟報軍師……請速速開門，休耽擱了軍務。」

府門內，一陣沉寂。片刻後傳來急促的腳步聲，緊跟著大門拉開一條縫。

不等那府門洞開，魏續和侯成墊步衝過去，凶狠的把大門撞開，手持兵器，便衝進國相府。

「拿下陳宮，休走了老賊！」

魏續大吼一聲，兩人部曲立刻齊聲呼喊，衝進國相府。

不過，國相府裡靜悄悄，一個人影都不見。正中央大堂上，端坐一員大將……

就見他，頭戴三叉束髮紫金冠，體掛西蜀紅錦百花袍，一件獸面屯頭連環鎧，腰間繫一根勒甲玲瓏獅蠻帶，端坐於榻上，猶如一頭雄獅。一畫桿戟拄在手中，稜角分明的雙頰透出一抹憤怒和悲傷。

魏續和侯成到了嘴邊的叫喊，硬生生被憋了回去。

「奉先……」

「溫侯？」

呂布長身而起，近丈身高一下子將大廳內的光線遮擋住。

「沒想到，你二人竟真的反我。」呂布沉聲道，話語中流露出無盡悲傷之氣。他輕聲道：「想當年，你二人與叔龍隨我一起縱橫漠北，我更視你們如心腹。如今，叔龍生死不知，你們卻要反我……我待你二人不薄，你們為何如此？我本不相信此事，沒想到竟然是真的。」

多年來形成的恐懼，令侯成和魏續兩人不知所措。

不過事到如今，他二人也沒有其他的出路……兩人相視一眼之後，侯成猛然站出來，厲聲喝道：「奉先，非我要反你，實你逼我們如此。想當年，我們隨你一同征戰，而今你已貴為溫侯，更坐鎮一方，天下誰人不知？可我們呢？八健將、八健將……追隨你二十載，還是部將。而今曹公兵困下邳，你已插翅難飛，何不降了曹公？否則，休怪我等不講情義。」

呂布勃然大怒，厲聲叱道：「爾欲降曹操，何故至此？」

「這……」

魏續突然道：「子良，事已至此，何須與他廢話。咱們殺出一條血路，投曹公去……」說罷，他連聲喊喝：「撤退！」

呂布道：「既來了，又怎容爾等走脫？」

說著，呂布持畫桿戟，墊步擰身，風一般衝出衙堂，近一米的高臺，恍若未見。只見他騰空而起，單手執戟，在半空中幻出一道殘影，呼的橫掃而出。與此同時，呂布大吼一聲：「高順，還不與我拿下反賊！」

隨著他一聲呼喝，前庭兩側的廂房中，呼啦啦湧出兩、三百人。為首一員大將，正是高順。他一手執七尺大刀，一手執盾，厲聲喝道：「魏續，侯成，還不棄械投降，更待何時！」

高順的出現，使侯成、魏續兩人大驚失色。兩人心知，一定是走漏了消息，可此時他二人卻沒有了退路。兩人相視一眼，反身往國相府外衝去。身後部曲呼啦啦湧上前來，十幾個家將一下子攔住了呂布的去路。呂布冷笑一聲，畫桿戟在手中滴溜溜一旋，戟雲翻滾，戟影重重。

只聽呂布大吼一聲，畫桿戟橫掃而出。一連串兵器交擊聲響，伴隨著一連串淒厲的慘叫。家將們人數雖多，可又豈能攔得住呂布？自古以來，何時見過羊群能阻攔住噬人的猛虎？呂布一路衝過來，只殺得血肉橫飛。

與此同時，魏續和侯成兩人在家將的掩護下，已衝到了國相府門外。

兩人剛準備上馬，只聽一個沉冷的聲音傳來：「子良、仲節，何故走得如此匆忙？既到了我府上，那就留下來吧。」

伴隨著這個聲音，國相府兩邊立刻衝出數百軍卒。

火光通明，陳宮在軍卒的簇擁下，攔住了魏續和侯成兩人，並將他二人連同家將們團團包圍。

魏續、侯成不由得心中一冷。

身後，慘叫聲不絕，呂布猶如一頭瘋虎，踏著遍地殘屍，正衝向大門。

「奉先，我等投降！」侯成、魏續一見情況不妙，連忙大聲叫喊。

他們沒有向陳宮請降，而是向呂布請降……原因很簡單，他二人與陳宮素來不和，向陳宮投降，定然沒有好下場。可呂布卻不一樣。雖說呂布也是個刻薄寡恩之人，但畢竟處得久了，呂布是什麼性子，兩人心裡再清楚不過，這是多多少少念舊的人，只要呂布願意，他二人就不會有性命之憂。或許會有皮肉之苦，但與掉腦袋那種事情相比，皮肉之苦算得什麼？

呂布橫戟，劈翻一個家將，停住了腳步。他有些猶豫，是受降啊，是受降啊，是受降啊……不得不說，魏續和侯成的選擇沒有錯誤。呂布嘴巴上說得凶狠，可如果真讓他殺了這二人，還真有些不忍。

就在呂布一猶豫的工夫，陳宮厲聲喝道：「放箭！」

剎那間，數百弓箭手開弓放箭，箭矢如雨，呼嘯著飛向魏續、侯成。魏續和侯成的注意力全都集中在呂布的身上，哪裡想到陳宮竟然如此狠絕，直接下令……

兩人回身，箭雨已至身前。

耳旁迴盪著砰砰砰一連串的悶響，侯成和魏續二人瞬間被射成了刺蝟。兩個人瞪大了眼睛，怒視陳宮，屍體直挺挺的從臺階上栽倒下去。呂布也被這突如其來的一幕嚇了一跳，等他反應過來，魏續二人已經氣絕身亡。

「陳宮，你這是何意？」

陳宮大聲道：「君侯，此二人謀反，若不處置，只怕會使軍心混亂。到時候會有張續李續造反，又當如何？他們心已不從於君侯，留下來，只會是禍害。君侯，當斷不斷反受其亂！」

呂布的面頰抽搐兩下，沒有再開口。

陳宮說得不錯……可問題是，呂布也有點投降的意思啊！

此前，他就曾向曹操流露過這個意思，可是被陳宮一箭，破壞了他的意圖。如今？……

他長嘆一聲，回身看去，只見魏續和侯成的部曲已經停止了抵抗。

一種難言的疲憊，突然間湧上了心頭。他看著陳宮，而後緩步走下門階。

「君侯，如今勢態，切不可有婦人之仁。」

「罷了，隨你吧……不過……」呂布猶豫了一下，輕聲道：「子善畢竟隨我多年，且饒他一次吧。」

「那是當然，少君侯不過是受了他人蠱惑。」

呂吉受命，是拖住高順。如今高順出現在這裡，那麼呂吉的結果就可想而知。也幸虧他還有一個假子的身分，否則的話，估計比魏續、侯成死得還早。

有家將牽馬過來，呂布翻身上馬，回轉王城。國相府中，傳來一連串的慘叫聲，令呂布心驚肉跳。

他從懷中，取出了那幅白絹。月光下，白絹上寫著一行小字：謹防魏續、侯成！

若非這白絹，今夜侯成和魏續說不定已經成功了……可這白絹，又是何人送來？有何用意？

就在昨日，呂布返回家中時，立刻被他的正妻嚴夫人拉到房間裡。

嚴夫人的年紀比呂布小一些，生得也頗為動人，雖已年近四旬，卻風韻猶存，楚楚動人。

房間裡，還坐著曹氏和貂蟬。

這曹夫人，並非曹操的『曹』，而是前徐州兵曹史，陶謙帳下大將曹豹之女。

後來劉備得了徐州，身為徐州元老的曹豹並不服氣劉備。呂布來了之後，曹豹便把女兒嫁給呂布。曹夫人年二十出頭，比貂蟬還小一些。同樣是花容月貌，並不遜色於貂蟬……

「君侯，今早秀兒出門，卻發現門廊上插著一根短矛，還有一幅白絹。」

「哦？」

嚴夫人把白絹遞給呂布，同時還向呂布出示了那支大約有六十公分的短矛。

短矛入手，大約有十幾斤的分量，可以看得出，使這短矛的人，一定是一個臂力驚人的勇士。

呂布打開白絹，不由得倒吸一口涼氣。

嚴夫人對他說：「有道是人無傷虎之心，虎有害人之意。魏續、侯成雖跟隨溫侯多年，亦不可不防。」

呂布對嚴夫人，頗有些信服。聽罷這番話，他不由得也生出幾分疑竇，於是密令陳宮和高順監視侯成和魏續。沒想到……

人心，真的散了！

呂布騎在馬上，卻感覺有些昏昏沉沉。腦袋裡亂哄哄的，各種思緒一下子此起彼伏。

想當年，他憑著一身武藝，和侯成、魏續、曹性三人馳騁漠北，殺得鮮卑人、匈奴人望風而逃。也正是因此得到了丁原的賞識，從而被丁原征辟。可現在……

「君侯！」

就在呂布思緒起伏之時，聽到有人喊他。

抬起頭，才發現自己已經到了王城之中，他翻身下馬，邁步向大廳走去。可沒等他走進大廳，卻見祈兒神色慌張，步履匆忙自內宅飛奔而來。祈兒跑到呂布跟前停下，先行了一禮。

「君侯，那短矛又出現了！」

「啊？」呂布聽聞，頓時大驚失色。

第一次殺人是在什麼時候？

呂布已經記不清楚了！但從第一次殺人之後，呂布經歷過多少驚濤駭浪，從刀光劍影中存活下來，到今日之虓虎。更凶惡的事情，他都經歷過，又怎可能害怕一支小小的短矛？

可是，他真的怕了！

第一支短矛出現，告訴他魏續、侯成要造反。

結果真是如此，侯成、魏續果真造反。呂布有點害怕，這第二支短矛會給他帶來什麼消息？

魏續、侯成死了，對呂布所造成的打擊，極其巨大。表面上，他似乎無所謂，可實際上，呂布的精神有些垮了……

「快帶我去！」呂布抓住祈兒的胳膊，幾乎是拖著祈兒闖進內宅。

嚴夫人已命人在內宅警戒，書房四周更有無數衛士巡邏，任何人都無法靠近書房。

呂布幾乎是衝進書房，就見嚴夫人、曹夫人和貂蟬正在等他。見呂布進來，三位夫人同時起身，向呂布行禮。呂布連忙擺手，環視書房裡，脫口問道：「玲綺呢？怎麼不見她在這裡？」

「都什麼時辰了，玲綺已經睡了。」嚴夫人瞟了呂布一眼，有些嗔怪道。

貂蟬輕聲道：「夫人以為，這些事情最好不要讓玲綺知道，所以一直瞞著她……君侯，侯成他們……」

呂布的臉，一下子垮了下來。他在榻上坐下來，片刻後低聲道：「死了！」

屋中，響起一陣壓抑的、低沉的唏噓聲。

「還是沒有發現何人所為？」

「沒有！」嚴夫人苦笑道：「幾乎是和上次一樣。本來妾身已準備歇息，就聽屋外蓬的響了一聲。妾身忙披衣出來，就看到這支短矛插在臥房門框上。沒看到是什麼人所為，祈兒還詢問過值守的衛士，也沒有人發現什麼不尋常處。君侯，人心已經散了，人在府中，心已不在。」

呂布，沉默不語。

曹夫人將那支短矛遞給呂布，式樣和上次出現的短矛幾乎一樣。黑漆柘木桿，三十公分長短的矛刃，極其鋒利。入手頗有些沉重，呂布苦笑一聲，放在身旁。他試過，以他的臂力，用這種投槍，可以在四十步外達到效果。如果這投槍的主人和他一樣的臂力，根本無法看到。即便比不得呂布，但只要是在二十步外的距離投擲，一般很難發現蹤跡。所以，這種事情還真不好怪罪，只能說，此人太神秘。

嚴夫人把白絹遞給呂布。

這一次，白絹上的內容比上一次多。

「亂事已起，君侯當知此危急存亡之秋……昔日，君侯與我有恩義，故今日我欲償還。但有些事情，我必須要和君侯你說清楚，我救不得你，但是會全力照拂你的家眷……」

信的內容，大致如此。

信中還說：「我知道君侯你不甘人下，你這樣的性格，注定了任何人都無法相信你。你有前科的，丁原、董卓之事至今仍歷歷在目，而君侯你勇猛絕倫，天下間少有人敵手……換作我，也不敢收留。遙想君侯當年，馳騁漠北，縱橫塞外。人中呂布，何等聲名。然則如今，誰又真的信服你？君侯你是一隻展翅翱翔的雄鷹，本應該扶搖於九霄之上。可是現在……」

「我知道，君侯如今所慮，無非妻兒家小。君侯你是個重家之人，兒女情長英雄氣短也並不為怪，但妻兒家小，如今已成為你的牽掛。我所能做的，就是為你解除後顧之憂。之後君侯能否衝出重圍，只在君侯自己，恕我無法照拂。總之，生與死，看你自己的本領，我所能做的也只有這些。若君侯信我，並願意拚一把，那麼請在初八於內城北門點燃篝火。到時候，自會有人與你聯絡，告之你行動方案……」

呂布看罷白絹上的內容，一時間竟呆愣住了！

魏續和侯成的死使得他心神不寧，正處於恍惚之中。說句不好聽的話，呂布這時候已經絕望了……他不知道自己還能堅持到什麼時候，也不清楚他的結局最終會是什麼樣子。

這封書信的到來，使得呂布有一種明悟。他開始反省自己的過往行事，卻發現竟然和書信中所寫的一模一樣。

我如果投降，誰能容我？

劉玄德嗎？他早先收留我，我卻奪了他的家業。此人心機頗深而且能忍耐，豈能與我善罷甘休？曹操？袁紹？袁術？

當呂布細想過後，竟發現這些人，沒有一個能讓他真正信服。

就像信中所書，他本應是扶搖九霄之外的雄鷹。曹操也好，劉備也罷，包括袁紹、劉表，都無法讓他心悅誠服。雄鷹之傲，又豈是等閒人能夠壓制？那麼到最後，他的結果只能是……

呂布把白絹，還有早先的那幅白絹，一起扔到了火盆裡。

看著炭火熊熊，把那白絹焚燒起來，他感到了一陣莫名的輕鬆。

想當年，我胯下馬，掌中畫桿戟，馳騁天下。若真可以再次征殺，天下間什麼人可以攔阻我？

他抬起頭，向嚴夫人看去。

嚴夫人眼中閃爍淚光，癡迷的看著呂布。

「君侯，妾身今日方知，是妾身等連累了君侯。」

呂布展顏一笑，「若非夫人，焉能有今日之呂奉先？」

他說著，站起身來，手指焚燒的白絹，突然大笑起來，「我常憾世無知己，今日方知，早有知己，而我不知曉。此人，可使我託妻獻子。」

「君侯……」

嚴夫人、曹夫人和貂蟬同時起身，看著呂布，倍感驚訝。

貂蟬腦海中，不知為何浮現出一個瘦弱的身影。隱隱約約，她有種直覺，這白絹就是出自他的手筆。沒想到，他竟有如此本事。

「可這個人……說不定是陷阱？」曹夫人開口道。

「哦？」

「這個人連名字都不敢顯露，焉知他不是居心叵測。夫君將我等託付此人，萬一他回過頭要挾夫君，如何是好？」

「若真如此，妾願撞死下邳城下。」

貂蟬突然開口，使得曹夫人一怔，扭頭向她看去。

嚴夫人笑了，點頭道：「秀兒此言，也正合我心意。」

「可是……」曹夫人還有些猶豫，畢竟白絹上只說願意照拂呂布家小，但如何照拂，怎麼照拂，都沒有說明。甚至連名字都沒有留下，更使得曹夫人感覺有些驚慌。她很害怕，呂布最後所託非人。

這種事不是沒有發生過！

之前曾有麋竺、麋芳，之後又有陳珪、陳登。

包括陳宮在內，也曾密謀造反，更不要說今天晚上發生的事情。連呂吉都要造反，天下還有什麼人可以相信？所謂一朝被蛇咬三年怕井繩，曹夫人對呂布的眼光，著實有些信不過。

呂布道：「此事無須著急，待初八自可見分曉。」

「還有一件事！」貂蟬開口道：「此事需保密，除祈兒之外，只咱們四人知曉，切不可與他人說。」

「正當如此。」

貂蟬一句話，等於把陳宮也排除在外。

陳宮的心思，說實話誰也說不準。他不會投降曹操，這一點可以肯定。但保不齊他會拉著呂布下水，和曹操同歸於盡。如果被他知道了這件事，天曉得陳宮會不會出壞主意，破壞此事。

呂布沉下臉，輕輕點頭。

今日陳宮射殺侯成、魏續，使得呂布心裡多少有些不快。加之此前種種，使得他對陳宮總有些提防。這件事，可是牽扯到他妻兒家小的性命，豈能等閒？

就在這時，屋外突然一陣騷亂，隱隱約約可以聽到祈兒和人交談的聲音。

呂布忙走出書房，就見高順氣喘吁吁，一臉的焦慮。

「德循，何故驚慌？」

「君侯，大事不好……少君侯被人劫走了！」

「啊？」呂布只覺腦袋裡嗡的一聲響，有些眩暈。少君侯，不就是呂吉嗎？他之前被看押起來，怎麼會被人劫走？難道說，這內城裡還有細作？抑或者說，還有人在密謀，準備造反不成？

嚴夫人走出來，厲聲喝問：「德循，那韃虺吉是何人劫走？」

「是、是、是……」

「快說！」

「是楊夫人所為。」

楊夫人，就是呂吉的生母，也就是那個小時候和呂布青梅竹馬，後來被胡人劫走，並生下呂吉的女人。被呂布解救之後，楊夫人就成了呂布的妾室。雖說呂布並不在意她，可是卻從未有過虧待。這楊夫人，也是狠人！為了兒子，竟不惜和呂布翻臉，劫走了呂吉。

「那他母子如今……」

「夫人劫走少君侯……」

「住嘴，什麼少君侯，一個胡兒罷了。」嚴夫人厲聲喝道：「他叫韃虺吉，此後與呂家再無干係。」

「是，是韃虺吉。」

嚴夫人平時並不顯山露水，可並不是說她沒有才幹。史書中，也沒有記載過太多關於嚴夫人的事情。可不管怎麼說，嚴夫人卻使得呂家內宅一片祥和。

也許是年紀大了，過了那種爭風吃醋的年紀，嚴夫人平日裡很少露面。

可高順卻知道，嚴夫人發起火來，呂布也不敢觸其鋒芒。這絕對是一個很了不得的女人……嚴夫人一句話，等於把楊氏和呂吉——韃虺吉趕出了呂家。從此呂家，再也沒有韃虺吉此人。

高順說：「楊氏持君侯令箭，先把韃虺吉提出來，然後又詐開西門，逃出下邳。當時末將與軍師正在收拾殘局，得知消息後，軍師立刻帶人追擊，可還是晚了。我們抵達西門時，楊氏和韃虺吉已逃無蹤跡。軍師也不敢擅自出城尋找，所以便使末將趕來報信，並加強城中巡查。」

呂布趁嚴夫人不注意，似長出一口氣。

他不待見呂吉，但卻待見那個當年曾與他青梅竹馬的女人。而且和呂吉相觸十餘載，人非草木孰能無情，多多少少也有了一些情感。走了就走了吧……如果被抓住的話，估計會死得很難看。嚴夫人那架式，若抓住了楊氏母子，必將二人活剝了。

他心裡有些失落，同時還有些輕鬆。

「德循，你下去吧……告訴軍師，就說從今日起，全城戒備。」

「喏！」高順插手行禮，轉身匆匆離去。

看著高順的背影，呂布的眼中突然間閃過一抹奇異的光彩。他轉身，看著嚴夫人，似是詢問，又好像自言自語道：「夫人，妳覺得德循此人，如何？」

郭嘉找曹朋，其實也沒什麼大事。一來郭嘉是想要寬慰一下曹朋，畢竟之前曹操偏向劉備，難免會讓曹朋心裡面憋一口惡氣。

至於是郭嘉自己想要寬慰，還是曹操託郭嘉寬慰，曹朋不得而知。

不過，在郭嘉的營帳裡，他聽到了另一樁事。

「劉玄德，梟雄也。」郭嘉對曹朋道：「此人有大志向，且又是漢室宗親。雖說尚未被列入譜系，卻已被不少人所認同。此人善於籠絡人心，而且性格堅忍，頗有昔年高祖之風範。曹公對此人，也頗有顧慮。此人有幹才，殺之可惜；可若不殺……早晚必成禍事。」

「此次曹公罷了劉備的兵權，有意帶他返回許都。不過，我擔心此人不會就此收手，很有可能會惹出是非。我知你對劉備不滿，所以交代你一樁事，那就是盯住劉玄德，你可願意？」

「我盯住劉備？」曹朋疑惑道：「怎麼盯他？」

郭嘉笑道：「這是你的事情……」

曹朋有點不太明白，郭嘉為什麼會選擇讓他來監視劉備。

說他恨劉備？還真有些說不上來……畢竟這劉玄德，是曹朋前世幼年頗喜歡的一個角色。最多也就是有些討厭，但那是後來長大的事情。所以說恨，還真說不上。之前之所以和劉備針鋒相對，更主要的是他想要找藉口留在下邳。如今，他的目的已經達到，所以對劉備也沒什麼感覺。

可既然郭嘉開口了，曹朋自然不會拒絕。

回到兵營後，曹朋立刻書信下相，把夏侯蘭從下相調來下邳。

反正都是他的手下，曹洪也不會在意曹朋把什麼人調過來。大家都自己人，沒那麼多規矩。

圍困下邳內城之後，日子倒是很輕鬆。

陳群在曹洪的引薦之下，被推舉到了曹操帳下。曹操自然知曉陳寔，而且也久聞陳群之名。曹洪帶著陳群來到他跟前時，曹操自然萬分高興，當天就任陳群司空西曹掾屬，讓陳群留在他身邊。

郭嘉、荀攸，包括董昭，都認得陳群。特別是郭嘉，更和陳群同為潁川書院所出，早就認識，這也使得陳群很快在曹操帳下站穩了腳跟。對曹洪而言，也得了一個引薦之功。

陳群自然清楚，他能夠這麼快就擺脫厄運，是什麼人的功勞，於是在就任之後，很自然的與劉備劃清了界限。最初，陳群曾為劉備效力過，不過後來因為劉備不肯聽他的勸阻，所以不復追隨。而今，他歸附了曹操，又聽說了曹朋和劉備之間的衝突之後，自然不肯再與劉備親近。劉備曾專門拜訪他，但是卻被陳群找了個藉口推脫掉了……

這個時候，站隊很重要。

曹朋和劉備的關係緊張固然起了一些作用，更重要的是，陳群投奔了曹操，再和故主眉來眼去，曹操會如何考慮?所以，這個時候，必須要表現的很堅決。若有半點藕斷絲連，弄不好就會帶來殺身之禍。雖說這樣做有些薄情，可孰重孰輕，陳群的心裡面分得很清楚。

這天夜裡，曹朋正在軍帳裡看書，忽聽夏侯蘭稟報，抓住了一個從劉備軍營中出來的信使。

劉備的信使？

曹朋聽聞，不由得笑了。

「興霸，看到沒有，我就說那劉玄德不是個肯安分的主兒。這剛老實了沒幾天，便搞出這種花樣。不過子幽，可曾查明了這位信使準備去什麼地方？」

「公子，我從那傢伙身上，搜到了一封書信。」

「書信？」曹朋一聽，頓時來了興趣，「快呈上來。」

夏侯蘭把一封書信遞到了曹朋案上，然後很隨便的在軍帳中找了一個坐榻，舒服的坐下來。也算是老人了，曹朋跟前也沒太多規矩，所以夏侯蘭很隨意。

「對了，你那封書信送去了沒有？」

「哪封書信？」

「就是給你兄弟的信啊。」

夏侯蘭恍然大悟，「公子是說子龍啊……信我已託人送去，只是半年了，至今仍未有回信。」

「子龍是誰？」甘寧疑惑的問道。

曹朋聽聞，嘿嘿一笑：「一個可與興霸大戰三百合的人……我估計，興霸若與此人交鋒，未必能討得便宜。」

甘寧一聽，露出不屑之色，「公子這麼說的話，那他日我與此人見面，倒要好生領教一番。」

曹朋嘿嘿直笑，把書信抖開。

他之所以說這句話，也只是為了給甘寧一點壓力。點到為止即可，說多了，倒也沒什麼意思。就著書案上的燭火，曹朋一目十行掃了一遍，眉頭不由得微微一蹙。

「公子，怎麼了？」

曹朋冷笑一聲，「我就知道，劉備不會那麼老實。魏續、侯成死了……不過呂布倒是把消息封的挺嚴實，居然一點都沒有走漏。他那假子呂吉，投奔了劉備。劉備想要透過呂吉，和徐縣的張文遠取得聯繫，並讓張遼率部沛國……」

「啊？」甘寧一怔，眼珠子轉了兩轉，旋即領悟到了其中的奧妙。

「這劉備，倒是打得好主意……」

# 章十一 搏命

劉備和張遼算得上是老相識。

不管怎麼說，當初劉備和呂布在徐州，也有過那麼一段蜜月期。不管是最初呂布依附劉備，還是後來劉備依附呂布，雙方曾有過一段美好的回憶。只不過由於劉備和呂布都不是那種屈居人下的主兒，兩個人同樣是野心勃勃，以至於到最後，還是翻了臉，成為了敵手。

但這並不妨礙劉備和張遼搭上交情，即便是後來張遼曾在沛國打得劉備狼狽而逃。

同時，關羽和張遼的關係也不錯，兩人都是那種武藝超強的主兒，所以難免會有惺惺相惜之感。

如今，呂布要滅亡了，劉備更寄人籬下……

「劉玄德，不甘心啊！」

曹朋看出了劉備的意圖，和甘寧相視而笑。

劉備這封書信，不僅僅是想要拉攏張遼，同時還有為自己埋後路的想法。以劉備的智慧，難道猜不出他如果和曹操去了許都，就等於籠中之鳥？他當然不會甘心成為曹操的附庸，會想盡辦法留在徐州。失去了呂布的徐州，必然會有一段時間的混亂。而劉備在徐州頗有聲望，糜竺、糜芳更是徐州的老臣子，他如果能留在徐州，必然可以獲得更多發展機會。

但前提是，他能留下來。

如果劉備能招攬到張遼的話，使張遼暫時退出徐縣，逃亡沛國。那裡曾經是劉備的地盤，雖然後來被張遼趕走，可畢竟在那裡經營過，也算是小有根基。張遼退到沛國，可以獲得劉備的暗中支持；而劉備，也可以藉口張遼兵亂，留守在徐州，繼續自己的理想。

總之，一旦劉備真的招攬了張遼，還真會變成一件麻煩事。曹朋絕不會允許這樣的事情發生，至少從目前而言，他不會坐視劉備招攬張遼。

「如果沒有這封書信，我倒險些忘記了張遼的事情。」

「公子準備如何行事？」

曹朋想了想，一笑，「如今我無法分身，不過卻先要穩住文遠，同時要給劉玄德一點教訓。」

「教訓？」

曹朋抬起頭，看了一眼夏侯蘭。「那信使何在？」

「在營外林中，末將派人看押著。」

「殺了他，然後把屍體和這封書信，交給曹洪將軍。」

夏侯蘭一怔，不太明白曹朋的意思。不過既然曹朋下了命令，夏侯蘭也只有聽令，轉身離去。

「為何要殺了信使？」

「其實，那信使就算是交給曹公，曹公也不會為難劉備，甚至有可能將信使除掉。曹公如今正在風口上，不會對劉備生出殺意，最多是警告他一下。既然如此，誰殺都一樣。」

說完這句話，曹朋心裡突然咯登一下。

是從什麼時候開始，自己變得如此冷漠了？人命在他心中，似乎已變得無所謂，說殺就殺，全無半點猶豫。這不是自己的性格啊……

曹朋呆坐片刻，用力搖了搖頭。也許是前段時間壓力太大，讓自己變得麻木了？還是集中精神，先處理完下邳這檔子事，然後再設法調整心態吧。

「興霸，你立刻派人返回下相，密令鄧芝，設法前往徐縣，穩住張遼……待我結束這邊的事情以後，就前往徐縣。」

甘寧應了一聲，忙轉身匆匆離去。

次日，天剛亮。

劉備在自己的小營中周轉了一圈之後，正要回軍帳休息，忽聞小校來報：「曹司空有請！」

張飛和關羽一大早出去遛馬，所以不在營中。劉備不敢懈怠，忙換好了衣服，隨著小校來到了曹操的住處。

曹操住在原下邳縣的官署，典滿和許儀一身戎裝，於室外值守。天很冷，屋簷下結了冰。劉備匆匆趕來，典滿和許儀並沒有給他好臉色，只是通報了一聲，便讓劉備自行進屋去了。

劉備也知道，這兩人和曹朋是結拜兄弟。

之前他劫了曹朋的糧草，典滿、許儀又豈會給他好臉色。心中一邊暗自叫苦，一邊又有些吃驚，因為在曹營的這段時間，他發現曹朋和曹營眾將關係都很好。特別是曹系將領，如曹姓、夏侯氏的子弟，和曹朋更是有著極為密切的關係。

他開始有點後悔，不該招惹曹朋。

屋子裡有兩個火盆，盆中炭火很旺。曹操披著一件錦衣，正在翻看卷宗，見劉備進來，他大笑著起身，上前拉住劉備的手，一同坐下。

「玄德，這兩日公務繁忙，以至於怠慢了玄德，還請玄德勿怪。」

「司空這話從何說起，備得明公收留，已感激不盡。再說了，備最近挺逍遙，哪裡有什麼怠慢。」

「逍遙好，不過人若是太逍遙，難免會生出雜念。」

「啊？」劉備心裡咯登一下。從曹操這句話裡，他聽出了一絲弦外之音。

「明公說笑了。」

曹操眼睛一瞇，臉一沉，「玄德，我聽人說，你和徐縣的張文遠，很熟嗎？」

「這個……」

「文遠有幹才，如今被困於徐縣，已是山窮水盡。我欲招降張文遠，可是身邊卻找不到合適人選。若留之於徐縣，也非長久之事。我正在想這件事，聽說玄德與張遼舊識，故而想請玄德辛苦一趟，往徐縣一行。若是能勸降張遼最好，若是不能勸降……總之，不可使其逃之沛國。」

劉備心裡，暗自倒吸一口涼氣。

曹操這番話是什麼意思？聰明如劉備，焉能聽不出來？

「明公怕是誤會了，備和呂布自興平元年以來，屢興兵戈，怎可能有交情？」

「那倒是可惜了！」曹操看著劉備，忽而展顏一笑。「既然不識，那就算了，全當我沒說過這件事。玄德，徐州大戰結束在即，我欲戰後重返許都。不過呢，徐州還需有人鎮守，不知玄德意下如何？」

那話中之意就是告訴劉備，我準備讓你留守徐州。

說起來，這本正合了劉備的心思。

可不知為什麼，劉備感受到了一股濃濃的殺機。這小小的房間裡，瀰漫著一股金鐵之氣……劉備相信，只要他敢點頭，曹操會立刻翻臉，取他人頭。冷汗順著脊梁，打濕了衣襟。

「明公，切不可如此。備才疏學淺，如何能鎮得住徐州？若真有這等才幹，當初也不至於被呂布趕出徐州，無家可歸。今明公新得徐州，還需派一強力之人出鎮。備實不敢當此重任，還請明公，另選高明之士。」

「那卻是可惜了！」曹操一笑，不再言語此事。

他和劉備有一句沒一句的寒暄著，可每一句話，都使得劉備膽戰心驚，渾身冷汗直流……

過了一會兒，劉備找了個藉口，告辭離去。

他前腳剛走，後腳郭嘉和荀攸走進房間。

「劉玄德，果然是胸懷大志。」曹操抬起頭，臉上呈現出陰森之色。

「明公何不將其拿下，以絕後患？」荀攸眉頭一蹙，輕聲問道。

「今若殺了劉備，只怕落人口實……不過，待他隨我返回許都，自有大把機會將他除掉。」

話是這麼說，可聽得出來，曹操還是有些不捨。

荀攸還想進言，卻被郭嘉扯了一下，朝他搖了搖頭。

「不過，那張遼……若殺之，確是可惜。」曹操沉吟片刻，問道：「奉孝，你說該派誰前往徐縣，說降那張文遠呢？此人確有幹才啊。」

郭嘉想了想，「我薦一人，或可成功。」

「誰？」

「我前些時候和長文飲酒，曾聽長文說，曹友學昔日與張遼頗有交情。後來張遼還贈了曹友學二百兵馬為護衛。最初，張遼不贊成呂布攻伐海西，還因此被趕出下邳，駐守於徐縣……這其中，必有曹友學的干係。既然如此，何不使曹友學出使徐縣，說降那張遼於明公？」

「又是那臭小子。」曹操不由得笑了起來。

對於曹朋，曹操的印象不錯。

一家人為自己效命，隨內兄孤身前往海西，此次大戰，更使得自己糧道不絕。只是這小子的性子太倔了些，之前使得他頗沒有顏面。而且到現在，也不肯向他賠禮。

不過越是如此，曹操就越是覺得曹朋有氣節。

「對了，雋石現今如何？」

雋石，就是曹朋的老爹，現少府諸治監監令，五大夫曹汲。

郭嘉一怔，有些尷尬笑道：「這個倒是不太清楚。」

荀攸笑道：「雋石自任河一監令以來，盡忠職守，極為勤勉。河一工坊自他主事，已恢復舊日興盛，過去一年來，共造刀盾三千餘，鐵劄甲五百套，餘者一應農具，也頗有建樹……另外，他監造改良了一種曹公犁，比之早先所用耕犁，效果更加明顯。征伐徐州之前，休若還專程去檢驗了一次，的確不愧隱墨鉅子之名。預計來年，河一工坊可出刀盾五千副，鐵甲過千……子和對河一工坊所出的甲冑，非常讚賞，並言虎豹若成，曹氏父子當為首功。」

過去一年裡，曹操的注意力一直集中於戰事上，所以對河一工坊的事情還真不是特別瞭解。

「曹公犁？」曹操忍不住笑了，「這又是什麼事物？」

「據說，是雋石根據其子曹友學幼年時所設想出來的小玩意兒進行改造，沒想到居然成功了。公若在試用之後，發現此犁較之先前不禁省力，而且更易打造，準備在來年推廣。至於曹公犁之名，也是雋石提議。言若非曹公給他機遇，斷無可能由此設想，故以司空姓氏，命曹公犁。」

曹操點點頭，「曹氏一家，皆純良之人啊。」

公若，就是前屯田都尉，今屯田中郎將棗祗的表字。

他忽然有些感慨，搔了搔頭。

當初啟用曹汲，也是看在曹汲獻馬鐙和高橋鞍的功勞。河一工坊廢棄多年，曹操也是嘗試，讓曹汲接手，沒想到曹汲還真的做成了，而且成績斐然。如今更造曹公犁，功勞甚大……

此前，曹汲曾獻刀三百支，強虎賁軍戰力。當時曹操藉口曹汲入仕時間短，沒有給予升遷，只給了一個五大夫的爵位。而今看來，這爵位怕是給的有些輕了。

沉吟片刻後，曹操道：「雋石有此功勞，不可不封賞，否則會冷了大家的心思。如今河一工坊重開，我欲設諸冶都尉，使雋石任之。另拜河一侯，你們認為如何？」

自兩漢以來，封爵主要為王與列侯兩等。

漢初曾制定下非劉勿王、非功不侯的規矩。只是自東漢中期以來，出現了大量的宦官侯、外戚侯、恩澤侯的封號，使得非功不侯的原則敗壞。當然了，似縣、鄉、亭侯的爵位序列，並沒有出現變化。只是多出了許多名號侯。這種爵位，只是表彰功績，並無實際的封地和食邑，而且不能世襲。

連宦官外戚都能封侯，更何況曹汲有大功勞？

但問題是，封曹汲為侯，必須要得到朝臣的同意。

郭嘉還好一些，荀攸的態度就變得格外重要。

至於諸冶都尉這個官職，倒是實實在在的升遷。此前，少府已設有水衡都尉，主水軍舟船器械，又有典曹都尉掌供繼軍糧。諸冶都尉的職責，就是監造兵器鎧甲器械……比千石，也就是每個月可以獲得九百石的俸祿。這個升遷，就目前而言，說實話還真沒有人比曹汲合適。

曹汲在河一工坊做得很不錯，如今又把他的才能擴大化。

荀攸想了想，點頭道：「諸治都尉，非雋石莫屬……只是這河一侯，雋石的資歷略有不足。」

是資歷不足嗎？

不是！說穿了，是出身的問題。

荀攸雖然沒有說明白，可曹操卻聽出了其中含義。他想了想，轉頭對郭嘉道：「奉孝可有什麼好主意？」

這出身的問題，還真是個麻煩事。

郭嘉想了想，突然問道：「年中雋石還都述職時，我曾聽他說過，他生在南陽，但其祖上卻非南陽人……據說其先祖是在征和年間遷至中陽山，乃共侯之後……不知是否是真的。」

荀攸一口水噴出去，抬頭看著郭嘉，半晌說不出話來。而曹操更是一陣劇烈的咳嗽，半晌才緩過勁兒來，一時間竟不知道該說什麼才好。

你問這二人為何會有如此強烈的反應？那還需要從西漢始建開始說起。

高祖劉邦興漢，帳下有一人，名叫曹參，和高祖皇帝是同鄉。此人也許沒有張良、韓信、蕭何那樣有名，但卻是興漢功臣中的二號人物。

後世有蕭規曹隨，正是這位曹參。曹參有子，名為曹窋，為平陽侯，在呂后時期任御史大夫。孝文帝即位後，免職為侯，死後謚號靜侯。曹窋的兒子曹奇，為侯七年，謚號簡侯；曹奇的兒子曹時，娶了平陽公主，為侯二十三年，謚號夷侯；曹時的兒子曹襄，又娶了衛長公主，為侯十六年去世。這曹襄，也就是郭嘉口中所說的那一位『共侯』。

曹襄的兒子曹宗，於征和二年，受武帝太子發動兵變一事的牽連，獲罪被處死。其曹氏封國隨之被廢除，曹氏子弟也流落四方。其中有一支子弟落戶於譙縣，也就是後世的安徽省亳縣。

曹操，也就是出身於譙縣曹氏。

郭嘉說曹汲是『共侯』後裔，豈不是說，曹汲和曹操是同宗?如果是這樣的話，莫說是『河一侯』，就算是封曹汲為關中侯、關內侯，也不會有人反對。

曹操心道：我就是讓你幫我想個主意，可沒讓你給我拉親戚啊!

一時間，曹操有些哭笑不得，看著郭嘉連連搖頭。

哪知道，郭嘉正色道：「主公，這可不是嘉胡言亂語，而是曹汲親口所說。當時文若也在場，聽到後也非常驚奇。不過我們能感覺得出來，雋石並非信口雌黃，他甚至不知道曹公也是曹相國之後，只是隨意談及。文若為此還查了雋石的族譜，其先祖名叫曹敏，於征和四年落戶中陽山。而曹敏，則是共侯第十九子，但非嫡出……今日若非公達提及，我險些忘記此事。」

「你說的，當真？」曹操不由得，也來了興趣。

而荀攸則猶疑道：「那隱墨鉅子……」

「隱墨鉅子並非事實，而是坊市中亂傳。我第一次接見雋石的時候，他就把這件事解釋清楚。」

「那如此說來，曹汲還真是司空族人？」

「這個……」曹操也有些拿捏不準。

征和二年，曹宗獲罪，封國廢除，曹氏子弟隨之四散，誰也說不清楚族人的下落。但聽郭嘉所言，似乎確有其事。如果曹汲真是曹氏子弟的話，那對於曹操來說，似乎也是樁好事。

宗族為大！

而曹汲也的確是有本事，能造刀，還會鑄造農具。其一家三口人，也都建立有功勳……對曹氏而言，能收回昔日流落在外的子弟，無疑是好事。

當然了，如果曹汲父子一家沒什麼本領，曹操可能不會認同。但問題是……

曹操沉吟良久之後，「此事暫放一旁，待返回許都之後，我再徹查此事。若雋石真為我宗族子弟，也是我曹氏一大幸事。」

荀攸聽聞，連連點頭。

歸宗認祖可不是一樁小事，的確需要謹慎。畢竟，曹宗獲罪於征和二年，也就是公元前九〇年，距離現在差不多近三百年時間，誰又能說得清楚？

十二月初八，曹朋於小帳中坐立不安。

今天是他和呂布約定的時間，也是呂布表明態度的日子。所以，他一直不敢歇息，等待答案。

時間，一點點過去。

剛過四更天，夏侯蘭突然興沖沖闖進小帳。

「公子，北門有火光出現……呂布同意了！」

曹朋呼的一下子站起來，忙衝出小帳。往北門方向看去，只見火光沖天！他不由得長出一口氣！

呂布終於下定決心！

在經過兩天反覆考慮之後，他最終選擇了相信那個甚至連名字都不知道的神秘人。

他憶起信中所書：遙想奉先當年，夫人出嫁了，雄姿英發……多情應笑我，早生華髮。人生如夢，一樽還酹江月……

是啊，人生如夢。

一種知己感受油然而生。更使得呂布堅信，這神秘人就是他的知己。

人中呂布，馬中赤兔。你呂奉先當年何等威風，馳騁漠北，所到之處，胡人灰飛煙滅。而今卻困於小小下邳，難不成你就甘心做人俘虜，寄人籬下？大丈夫當行英雄事，即便是死了，也要名留青史。如果不能得償所願，何不去痛痛快快的殺一陣，讓天下英雄來讚嘆？

呂布的性格很複雜，既自卑，又驕傲。

進入中原之後，那份驕傲漸漸變成了剛愎自負，而自卑卻纏繞在他心頭，以至於昔日的豪邁已漸漸凋零。而今，呂布似乎重新振作起來……大丈夫當殺人！殺得百十萬，方為雄中雄。

眼前的篝火熊熊，幾乎將整個北城門照透。

火光照映在呂布的臉上，使他那張線條粗獷、稜角分明的雙頰，透出一絲豪邁之氣。

「君侯，你這是作甚？」陳宮得到了消息，急匆匆趕來。

「公台，我欲突圍。」

「啊？」

「下邳不可守，非長久之事。我欲率部殺出重圍，另尋出路……今日在北城引火，只是疑兵之計，令曹操不知我的目的。」

此時此刻，呂布不再相信任何人。他只相信自己掌中畫桿戟、胯下赤兔嘶風獸。

陳宮，的確是一個出色的謀士，但是有太多陰謀，不是呂布能夠控制的人物。而且此事牽扯到自己的妻兒家小，呂布更不會輕易告訴任何人真相。所以，他早想好托詞，應付陳宮。

陳宮不禁愕然道：「君侯若肯突圍，自是好事，可夫人們……」

「生死由命，成敗在天。若我殺將出去，曹操斷然不會為難她們；如果我戰死疆場，又哪裡還能顧得了她們？公台，我已和她們說過，我突圍之時，她們會緊閉家門；若我戰死，就自尋出路，無須牽掛。」

陳宮大喜，「此方為大丈夫所為。」

他頂看不起呂布那種兒女情長的姿態，而今看來，呂布已經想通了。

「但不知，何時突圍？」

「暫且未定，待我行疑兵之計，使曹操不知所以然，而後尋曹營之薄弱處，殺將出去。」

「善！」陳宮點頭稱讚，露出喜悅之色。他的態度很堅決，絕不會投降曹操。

至於這其中的原因，也只有陳宮自己心裡清楚。

待篝火化為灰燼之後，呂布返回王城。一進宮城，他直奔後宅而去。大火足足燒了一個時辰，可是並未有任何動靜。神秘人也沒有出現，使得呂布心裡面不免感覺有些緊張。

「夫人……」

「君侯！」嚴夫人見到呂布，立刻關閉了房門，將一支短矛擺放在書案上。

「第三支？」

嚴夫人點點頭，苦笑又搖搖頭。

「沒有看到人嗎？」

「沒有！」

「那這支短矛……」

「君侯燃起大火之後，祈兒在外面巡視。一個小校送給祈兒，說是有人託他轉交祈兒。等祈兒反應過來時，那小校已不知去向……祈兒說，那小校很可能就是神秘人派來，但當時太過於突然，以至於她也沒有看清楚那人的模樣。個頭不高，很敦實，身手應當是不弱。」

「故弄玄虛。」

呂布心中多少感到不快，但也知道，那神秘人是冒著性命危險行事，自然需要謹慎小心。

短矛上裹著一層白絹，嚴夫人並未取下。呂布把白絹抽出來，就著燭光一目十行的掃過，眉頭不由得舒展開來。

「君侯……」

「夫人，大事可成。」

「此話怎講？」

「此人頗有計謀，與我約定後日二更天行事。妳帶著玲綺她們從東南側門悄然出去，他會派人在南側門外街口接應妳們。我到時候會從西門殺出去，那是夏侯惇防衛之所……兵力最為薄弱。妳們和他見面後，務必聽從他的吩咐。我若能殺出去，自會與妳們會合。」

嚴夫人露出憂慮之色。「夫君，真要如此？」

「夫人何必驚慌？此人乃我知己，必不會害我。而且，他若真想害我，何必要出這麼多的花招來？此人心思很縝密，一舉一動盡在他掌握中。」

「可是……我總有些擔心。」嚴夫人猶豫了一下之後，輕聲道：「要不然，我們先設法找到那信使，再做打算？」

「來不及了！」呂布嘆了口氣，輕聲道：「城中如今兵卒數千，祈兒又不認得那人，如何能夠找出？既然我們已經選擇了相信他，那就索性信到底吧。夫人，我會讓高順率五十人隨行，妳們不要驚動任何人，到時候換了裝束，至東南門與德循會合。若有意外，德循定會保護。」

「你不帶德循嗎？」

「此次乃突圍之戰，而非野戰。德循武藝雖強，可臨陣隨機應變，但若說決殺疆場，恐有不足。跟著我，只怕用處不大，倒不如留在妳們身邊，可以護衛。我會讓德循抽調五十名精悍勇士保護，妳們自己也要小心。」

呂布說得斬釘截鐵，嚴夫人知道已不可挽回。她有些擔憂道：「可是……玲綺未必會答應。」

「此事容不得她做主。到時候我會設法使她昏迷，妳們帶著她出去，等她醒來後，也做不得數。不過，妳可要多約束她，莫使她使性子。畢竟人家可是冒著身家性命幫忙，莫連累他人。」

嚴夫人用力點點頭，「妾身明白。」

呂布長出一口濁氣，用力深呼吸幾下，「夫人，我開始興奮了！」

嚴夫人目光迷離，看著呂布那躍躍欲試的樣子，眼中閃過一抹晶瑩的淚光。她悄悄走上前，從呂布身後環住了他的腰身，將面頰貼在呂布的背上，緊緊的，不肯鬆手。

呂布按住了嚴夫人的手……

還有兩天，可定生死！

兩日光景，眨眼即逝。

這兩天，對曹朋而言同樣是一種煎熬。一方面，他需要小心的進行安排；另一方面，他還要關注曹操的動靜。

初九，郭嘉找上門來，告訴曹朋，要他準備前往徐縣，設法說降張遼。曹朋期期艾艾答應下來，同時告訴郭嘉，下相當晚會有一批糧草送至下邳，到時候需要占用東南大街交割，請求曹操的准許……

郭嘉不疑曹朋，立刻向曹操請命。

下午，曹操命人送來了一支令箭，准許曹朋占用東南街口。

畢竟這糧草交割不是一樁簡單的事情，曹操下令讓陳群配合行動，也算是對曹朋的信任。

天，漸漸黑了！

時間，進入子時。

下邳長街上，八百悍卒列隊於長街之上。

呂布頂盔貫甲，跨坐赤兔嘶風獸。三百騎軍，五百步卒……也是這下邳內城之中，最精銳的兵馬。其中絕大部分，是呂布的親衛，而且是從並州開始便追隨呂布。

陳宮也解去了長衫，換上一身戎裝，騎著一匹黑馬，手中持一支五尺繯首刀。他靜靜立於呂布身側，一言不發。

東漢時期的書生士子，可不似明清時代的讀書人，他們講求『六藝』，騎射也是必修的功課。雖說是讀書人，卻非那種手無縛雞之力的文弱書生。東漢時期，許多儒生脫了儒衫，那就是俠士。包括之前設連環計的王允，早年間也曾任俠於市井之間。

陳宮的劍術不錯，但臨陣時，寶劍明顯不似繯首刀的殺傷力強大。故而他棄劍執刀，也算是做好了搏命的準備！

沒錯，就是搏命！

包括陳宮在內，所有人都清楚，即便是能隨呂布殺出去，也必然是死傷慘重。但既然決定搏命，誰還在意許多。大丈夫立於世上，不就是一個『搏』字？他們在這下邳，已蟄伏太長時間……

風，自長街盡頭吹來，拂動呂布披衣獵獵作響。

徐州的風雖寒，卻比不得漠北的風勁。呂布用力吸了一口清冷的空氣，抑住體內沸騰的熱血。

「公台，咱們出發！」

隨著他一聲令下，陳宮拔刀向城頭一晃。

西門側門吱呀呀輕聲響起來，沉甸甸的大門，開啟了一條縫隙。

赤兔四蹄裹布，落地無聲，馱著呂布悄然從西門行出。三百騎軍跟隨其後，陳宮則帶著五百步卒跟進。

不過，陳宮心裡還有些疑惑。

昨天晝間，呂布突然下令將高順拿下，打入大牢；後來又把高順放出來，讓他在東門當一個門卒。按照呂布的說法，高順似有謀反之意，不可以輕信。但陳宮總覺得這件事有些古怪：別人不敢說，可高順……那是個實在人啊。

如果是在從前，陳宮定然據理力爭，保下高順。

而今突圍在即……陳宮也不敢輕易相信別人。萬一，萬一高順真的有造反之意，誰又能保證？生與死，就在一次機會。陳宮沒有時間去證明高順的清白，所以最終只好選擇沉默。

連續三日點燃篝火，使得曹軍頗有些緊張。誰也不清楚呂布究竟是什麼意思，只見火光，卻不見動靜，他是要突圍啊，是要突圍啊，是要突圍啊……

如此的結果，就是曹軍有些懈怠。

只見火光，呂布卻沒有行動，一兩天還行，可連著三天下來，誰也沒當成一回事。畢竟，呂布如今已成甕中之鱉，他下邳城的糧草也絕了，哪裡還有可能和自己進行決戰呢？

西門長街上，黑漆漆不見巡兵蹤跡。

呂布率部順著長街一路急行，來到街口的時候，就看見了曹軍的大營。

手中畫桿戟高高舉起，呂布咬緊牙關，從肺裡擠出一個生冷的命令：「殺！」

三百騎軍隨著赤兔嘶風獸，幾乎是在同一時間，向曹營發動了衝鋒。馬蹄聲在黑暗中迴盪，守在軍營門口的軍卒，乍聽那蹄聲不由得一怔。他們連忙抬頭凝視，只見一隊鐵騎從黑暗中殺出。

「敵襲！」一個門卒發出了嘶聲裂肺的喊叫。

不過未等他聲音落下，赤兔馬已如風一般衝到了他的跟前。

畫桿戟掛著一道風雷落下，只聽喀嚓一連串骨頭碎裂的聲響，那門卒在瞬息間被畫桿戟攪得四分五裂。赤兔馬發出一聲長嘶，呂布聞到了空中那股濃郁的血腥氣，旋即暴喝一聲：「殺！」

「殺！」

三百騎軍如同下山猛虎，闖進了軍營。

曹操在睡夢中被驚醒，披頭散髮，光著腳丫子衝出臥室。

「何處廝殺？」

「主公，大事不好……呂布率部自西門殺出，已闖進了西大營中。高安鄉侯匆忙應戰，有些抵擋不住。他命人向主公求援，請主公即刻出兵援助……否則那呂布，定難以阻擋……」

曹操激靈靈打了個寒顫，頓時睡意全無。

「仲康！」

「末將在……」

當晚負責值守的，是許褚的虎衛軍。

曹操深知呂布的勇猛，如果被他逃脫出去，勢必成心腹之患。

「仲康速領虎衛，前去支援元讓。馬上召君明前來，使他虎賁軍為後應，絕不可令呂布衝出城去。命劉玄德率本部人馬趕去救援……通知公明，於城外做好準備。一俟呂布殺出成群，務必將其殲滅，死活不論。」

「那其他各路兵馬？」

「暫且不動。」

曹操並不是那種會驚慌失措的主兒。如今他勝券在握，自然更加小心。幾乎是在電光石火之間，曹操就已經想好了對策。許褚支援，那是不可避免；但典韋不需要馬上投入戰鬥，可以做生力軍，隨時出擊。他要進一步消耗劉備的力量，自從得到劉備寫給張遼的那封書信，他對劉備的忌憚也就越發強烈。

我不能殺你，但可以借刀殺人。

呂布不是要突圍嗎？我就讓你劉玄德過去阻攔。你若是放過了呂布，我自會找你的麻煩……

此時，下邳城中火光沖天，各營紛紛戒備起來。

呂布闖進了西大營之後，一開始很順利，可是等他快要殺至中軍時，曹軍的反抗開始強烈起來。

夏侯惇並不是後世《曹操傳》裡那個無敵的戰將，事實上，夏侯惇屬於統帥的範疇，不僅僅是武藝超群，同時也是一員智將。在經歷了片刻的慌亂之後，夏侯惇便開始有效的組織抵抗。他一方面收攏被呂布打散的兵卒，一方面抽調人馬，一支支推上去，阻攔呂布推進的速度。和呂布交手多次，夏侯惇深知，一旦使呂布衝起來，必無人能阻攔。

曹軍越來越多，呂布突圍的速度開始緩慢下來。不過如此一來，也使得曹軍的注意力瞬間全部集中在西大營上。相對的，下邳內城東門的守衛隨之鬆懈。

內城東南小門，開了一道縫隙。

高順帶著五十名陷陣勇士，守候在東南小門旁。當西門喊殺聲響起的時候，他不禁握緊了拳頭，強抑住心中那股衝動，靜靜的等待著。

大約西門喊殺聲響起了一炷香之後，一輛馬車來到東南小門旁。嚴夫人、曹夫人、貂蟬和祈兒四人都換上了曹軍的裝束。馬車裡，呂藍昏迷不醒，全無半點知覺。

「德循？」嚴夫人輕呼一聲。

高順連忙擺手，兩名軍卒搶上前，從祈兒手中接過了馬車。

「夫人，我們走。」

沒有什麼廢話，一切就好像經過無數次排練。

高順身著鐵劄甲，手執一桿鐵脊長矛。他示意三位夫人下馬，低聲道：「騎馬過於招搖，我等需謹慎行事。」

嚴夫人點點頭，立刻跳下了馬匹。

說起來也真是幸運，她們不是生在宋明時期，女人們也不需纏足裹腳，所以行走起來沒有什麼不方便。嚴夫人生於並州，也非嬌生慣養的女人；曹夫人雖生於富貴家庭，但其父曹豹也是馬上將領，故而算得上將門之女；至於貂蟬，同樣不是富家小姐；祈兒更是劍術高明。

四個女人都不是吃不得苦的人，下馬之後，立刻被高順派人保護在中間，悄然從東南側門出去，沿著崎嶇長街，深一腳淺一腳的行進……

西門的喊殺聲越來越響，直讓人心驚肉跳。

「夫人，小心點。」高順警惕的留意四周，發現這路上，竟不見一個巡兵。

大約走了兩里，忽有軍卒來報：「將軍，前面的路被人堵住了，並且有兵卒在街口警戒巡視。」

高順聽聞，不由得大吃一驚。

他剛要下令，卻被嚴夫人攔住，「德循，點一支火把。」

「啊？」

「是自己人。」

高順有些糊塗，不過既然嚴夫人這麼說了，他自然聽從命令。

一支火把，在幽暗的長街上點燃，祈兒上前接過火把，走到前面，在空中晃了兩下。對面的軍卒沒有任何動靜，只見一員大將手持一支火把，上下揮動三下。嚴夫人如釋重負般，點了點頭。

「德循，靠過去。」

高順也鬆了一口氣，忙下令軍卒上前。

隱約間，可聽到鈴鐺聲響。

先前晃動火把的那員大將，把火把遞給了身邊的小卒，然後邁步走上前，沉聲道：「請夫人速速登車，甘寧奉我家公子之命，在此等候多時。快些過來，咱們即刻準備離開下邳。」

在他身後，幾十輛馬車靜悄悄停在長街街口。

高順和嚴夫人相視一眼，旋即點頭，一行人迅速沒入車隊之中……

# 章十二 虓虎歸天

登上馬車，嚴夫人有一種很荒誕的感受。那神秘人到現在也沒出現，更讓她感到了一絲絲惶恐。那位神秘的『公子』，究竟是何方神聖？

「德循？」

「末將在！」

聽到高順的聲音，嚴夫人多多少少安心了一些。

身後，下邳城越來越遠，喊殺聲也若有若無，變得幾不可聞。

「可知道，咱們是往哪兒去？」

「尚不清楚，看方向應該是東南方。」

高順突然壓低聲音，「夫人，這到底是怎麼回事？那個甘寧是何方神聖？我感覺，此人身手即便是不敵君侯，但也未必相差太多。即便是君侯與之交鋒，若無二百合，也難以取勝。」

高順是真的有些糊塗了！從頭到尾，他都不清楚這事情的來龍去脈。加之他性子本就有些沉悶，呂布吩咐他，以家眷託付之，使得高順萬分感激。可呂布並沒有把事情說明白，高順呢，自然也不會去追問。他就是這麼一個人，明白了去做，不明白也會做。

如果放在後世，高順會是一個好兵。軍令如山的概念，在他腦子裡根深蒂固。所以即便呂布早先猜忌他，卻還是願意委託重任。

嚴夫人不由得心裡一驚！

高順的武勇，在呂布帳下也是能排得上號。雖然他並非八健將之一，但論悍勇，恐怕還在魏續、侯成之上。他的眼光不差，既然說出這樣的話語來，就說明甘寧真的不簡單。

一個能擁有甘寧這種超一流武將的人，絕非等閒之人。

嚴夫人苦思冥想，也想不出呂布究竟和誰有這種交情。不過，她還是吩咐道：「德循，讓大家小心一點，盡量不要和他們衝突。那個甘寧說什麼，照著做就是。事到如今，咱們已沒有其他的退路，只能聽天由命。想來，他們並無惡意。」

高順點點頭，退到一旁，輕聲吩咐。

而在另一輛車上，祈兒輕聲問道：「小夫人，是他嗎？」

貂蟬猶豫了一下，低聲回答：「若沒有意外，想必就是他了……」

車隊行至一個三岔路口，前方突然出現了一隊騎兵，約有百人之眾。為首一員騎將，身披劄甲，手持丈二龍鱗，催馬就到了甘寧跟前。甘寧朝著騎將點了點頭，騎將輕輕呼出一口濁氣。

「我們祖水行進，務必於天亮之前抵達下相。五公子那邊已經準備妥當，只待人一抵達，就立刻動身。興霸，這裡就交給我吧……你最好儘快返回下邳，務必使公子周全。從這裡一路到下相，路途很通暢，不會發生什麼意外。」

甘寧點點頭，催馬和那騎將換了位子。騎將朝著甘寧一搭手，指揮著車輛，繼續行進。

換人了？高順看得很清楚，不禁有些奇怪。在從甘寧馬前路過的時候，他抬頭向甘寧看去。

只見甘寧微微一笑，在馬上搭手道：「高將軍，你們隨子幽上路吧，他會護送你們到目的地。」

「有勞！」高順一頭霧水，與甘寧拱手而別。

當車隊完全駛過三岔路之後，甘寧帶著騎軍飛馳而去。

看著前方那騎將，祈兒輕輕拍著那豐滿的胸口，扭頭對貂蟬說：「小夫人，就是那個人！」

貂蟬笑了……

## 章十二　虓虎歸天

長街上，人越來越多。曹軍從四面八方湧來，把道路堵得是嚴嚴實實。

陳宮揮刀，將一名曹軍砍翻在地。他環視四周，卻見身邊五百悍卒，如今已死傷過半……而呂布的情況也不太好，被堵住了去路。

雖然呂布武藝超群，畫桿戟下無一合之敵。可敵人實在是太多了，多得殺之不盡，殺之不完。

陳宮一咬牙，手中長刀一擺，「溫侯待我等不薄，今日正是報答之時。」說著話，陳宮如同瘋虎一樣，左劈右砍，硬是帶著兵卒，殺出一條血路來。他命人在一條岔道結陣，嘶聲喊道：「溫侯，從這裡突圍……宮率部斷後，溫侯速走！」他堵住了岔道，給呂布留下了一條出路。

呂布大吼一聲，畫桿戟翻飛，赤兔馬嘶鳴，將兩個曹軍攪成碎片，眨眼間便到了陳宮身後。

「公台……」

「君侯，昔日宮未能盡心竭力，今日且讓陳宮，一盡臣子本分。」他說完，再也不理呂布，腳下踩著殘肢斷臂，踏著濃稠的血水，便殺向了敵軍。

一剎那間，所有的不信任都煙消雲散。呂布看著陳宮的背影，知道陳宮已經抱了必死信念。心裡不由得一痛，可他也知道，此時非多愁善感的時候。

「公台，布若能活，來日必為公台報仇雪恨。」

說著話，呂布撥轉馬頭，沿著一條小路就衝了過去，身後百餘名騎軍緊緊跟隨。一路上，不斷有曹軍阻攔，可是呂布卻視若不見，畫桿戟翻飛，猶如出海的蛟龍一樣。罡風陣陣，寒光閃爍。一條條、一道道的弧光在半空中出現，曹軍雖然拚命阻攔，奈何呂布猶如一頭瘋虎，所到之處只殺得曹軍人仰馬翻，血流成河……

一名曹將催馬攔住了呂布的去路，大吼一聲：「呂布休走，陳造在此！」

哪知呂布根本就不理睬，赤兔馬驟然一個加速，就到了陳造跟前，畫桿戟舉重若輕的在空中幻出一朵戟花，呼的劈下來！

那陳造，原本是許都一名獄吏，當初曹真等人被關押進大牢，把他折騰了一陣子；之後典韋、許褚又被關進去，令陳造幾近崩潰。後來索性辭了獄吏，投身軍中，靠著槍疾馬快，很快便站穩腳跟，成為夏侯惇帳下驍將。哪知道，躲過了典韋和許褚，卻遇到了呂布！

眼見呂布畫桿戟劈落，陳造大吼一聲，舉槍相迎。只聽鐺的一聲巨響，那畫桿戟足有八十餘斤的分量。人借馬勢，馬助人威，這一戟落下，何止千斤。陳造啊呀一聲慘叫，大槍折為兩段。畫桿戟去勢不止，呼的劈落，將陳造連人帶馬撕成兩半。

鮮血噴濺在呂布的身上，呂布全然不覺，繼續向前衝鋒。眼見著衝出這條路，一拐彎就是西城門。呂布咬牙切齒往前衝，身後不斷傳來一聲聲慘叫，卻無法回頭。

「呂布休走，許褚在此！」

一員大將攔住了呂布的去路，許褚胯下馬，掌中刀，風一樣撲向呂布。

呂布毫無懼色，擺戟相迎。畫桿戟與大刀交集，只聽鐺鐺鐺巨響聲不斷，呂布雖隱隱占居了上風，可想要一下子取許褚的性命，顯然也不太可能。許褚刀疾馬快，與呂布纏鬥在一處。大約三十多個回合過去，就見從長街盡頭，一匹烏騅馬風馳電掣般，衝向呂布……

馬上大將，黑盔黑甲，掌中一桿丈八蛇矛。

「三姓家奴休走，燕人張飛在此。」

話音剛落，烏騅馬已到了跟前。就見張飛撲稜稜大槍一抖，呼的分心就刺。

呂布正與許褚交鋒，哪料得張飛出現。他和張飛也算是老相識了，深知這位三將軍不但武藝高強，而且天生神力。那丈八蛇矛重約六十餘斤，殺法極其驍勇，臨戰如疾風驟雨，狂野非常。

心裡不免有些慌亂，呂布不願再纏鬥下去。

二馬照面，呂布揮戟崩開張飛的鐵矛，趁著張飛後退的瞬間，催馬就衝了過去。

張飛氣得哇呀呀暴叫，撥馬便追上前來。與此同時，許褚又攔住了呂布的去路，與張飛一前一後，夾擊呂布。好一個呂奉先，被兩員大將夾擊，卻毫不緊張。畫桿戟翻飛舞動，赤兔馬嘶吼。張飛與許褚雖然悍勇，可是碰到一個搏命的呂布，也不禁被呂布殺得連連後退。

將兩人逼退之後，呂布剛要轉身離去。

一騎飛馳而來，馬上大將厲聲喝道：「呂布休走，夏侯惇在此！」

此時，整條長街之上，燈火通明。曹軍從一條條小巷中撲出來，個個爭先，將下邳軍分割包圍。

呂布不禁大怒！如果在平時，這夏侯惇見了他只有逃跑的分。而今虎落平陽，一個個全都蹦出來了……他大吼一聲，催馬便和張飛、許褚、夏侯惇三人打在一處。

遠處，仍有曹兵曹將不斷湧來。就在一條巷口，劉備在陳到的護衛下，正凝視著和張飛三人打在一處的呂布。

「虓虎，竟悍勇如斯？」眼看著呂布和張飛三人交鋒，卻不落下風，劉備忍不住發出感慨。

他摘下雙股劍，和陳到相視一眼，一咬牙，催馬就衝到了長街上，朝著呂布惡狠狠的撲去。

說實話，若非迫不得已，劉備才不想衝上來。可曹操下令命他阻擊呂布，他如果不擺出姿態來，必然會被曹操怪罪。當孫子就得有當孫子的樣兒，如今劉備是寄人籬下，心裡面即使有萬般不情願，也只能往前衝。

不過，不等他衝過去，呂布已經看見了劉備。正所謂仇人見面，分外眼紅。呂布揮動畫桿戟，將張飛三人逼退之後，催馬就衝向劉備……胯下赤兔嘶風獸，希聿聿一聲暴嘶。

劉備胯下的坐騎，前蹄一軟，撲通就跪在了地上，把個劉備從馬上摔下來，在長街的血水中翻滾了好幾圈，雙股劍也不見了蹤影。這時候，呂布已到了劉備跟前，揮戟便劈向劉備。陳到催馬上前，拚死架開呂布的畫桿戟……也就是這一眨眼的工夫，張飛三人再次衝上來，將呂布圍住。劉備則一瘸一拐，被陳到護著向後退。

見殺劉備不成，呂布也不想繼續戀戰，於是逼開了夏侯惇，撥馬就走。

而在長街的另一端，陳宮也快頂不住了。

身邊的部曲幾乎死傷殆盡，眼見曹軍蜂擁而上，陳宮一咬牙，橫刀在頸間，想要自刎……

只聽弓弦聲響，一枝利矢飛來，正中陳宮的手臂！長刀噹啷一聲脫手掉在地上，陳宮抬頭看去，就見一員大將正收起強弓，催馬到了跟前，掌中大槍啪的拍在他身上，直接把他打翻在地。

「司空有命，留陳宮性命……」說著話，這員大將催馬到了陳宮近前，大槍撲稜稜探出，壓在陳宮的身上，令他動彈不得。

「虎賁郎將王猛，奉司空之命，請陳先生移駕。」

幾名如狼似虎的軍卒衝上來，抹肩頭攏二背，便將陳宮用繩捆索綁起來。

陳宮一邊掙扎，一邊大聲喊叫：「君侯休要戀戰，速走，速走……」

喊殺聲震天，可是呂布卻聽到了陳宮的呼喊聲。

他心知，如果再打下去，他必死無疑。一個張飛，一個許褚，一個夏侯惇……若在平時，哪怕兩個一起上他也不怕。可現在，三人圍攻，他漸漸抵擋不住，一咬牙，撥馬落荒而逃。

他抵不住張飛三人，可是普通的曹軍，又如何能擋得住他！這一路殺出去，只殺得血流成河。

眼見著西城門在望，呂布不由得精神振奮……

受水淹下邳的影響，下邳城的四座城門，西城門受損最為嚴重。因為西城門緊鄰泗水，水量最大，哪怕是在冬季，泗水也同樣凶猛。整個西城牆，幾乎倒塌了一半；而西城門更形同虛設，只剩下一片殘垣斷壁。呂布看到西城門，心知只要能衝出去，這生機就增加一半。

為什麼呢？

西城門外，一片原野，憑他胯下赤兔嘶風獸，如果奔跑起來，還真沒有什麼人能追得上。

精神不由得為之一振。呂布催馬，如風一般衝出西城門廢墟……城外，是漆黑一片。呂布勒住戰馬，正打算辨別突圍的方向，忽聽馬蹄聲響，一匹快馬從廢墟中衝出來，眨眼間就來到呂布跟前。馬上大將，一身鸚哥綠的戰袍，外掛一件魚鱗鐵甲，掌中一口明晃晃大刀。

來將也不出聲，到呂布跟前，呼的一刀劈來。

如果是在平常時候，呂布還真不會在意。可是他先前在城中與張飛等人鏖戰一場，當時也許還不覺得什麼，可這會兒不免有些乏力。本能的，畫桿戟橫在身前，呂布揮戟封擋。

照著他的想法，這一戟出去，應該能崩開對方的大刀，哪知道刀戟交擊，發出一聲巨響，呂布只覺得手臂發麻，昔日極為順手的畫桿戟，此時竟變得有些沉重。他大吃一驚，連忙想要收回大戟。可不等他的手臂恢復知覺，那員大將又衝上來，推刀順勢一抹……

鏖戰了大半夜，呂布的精神狀態的確是比不得剛開始那樣好，面對這快如閃電的一刀，呂布想要躲閃，卻來不及了！

當大刀落在他衣甲之上，發出刺耳的聲息時，呂布猛然間聚足所有力氣，也不躲閃，順著那大刀催馬衝鋒，同時揮戟反手橫掃而出。只聽啪的一聲響，畫桿戟狠狠的拍在了那人的背上！那員大將直接從馬上被拍飛了出去，在地上翻滾兩周後，一口鮮血噴出，幾乎癱在地面。

鐵甲被撕裂開來，呂布端坐於馬背之上，戟指對方。

「關羽，卑鄙小兒！」

火光下，那員大將勉力起身，吐了一口血沫子。紅臉略有些發黑，顯然呂布剛才那一戟讓他受傷不輕。他拄著大刀，嘿嘿冷笑不停……

「呂布，爾何不死？」

鮮血，順著馬背流淌下來，迅速染紅了地面。胸口的衣甲碎裂，一道從胸口斜斜延伸至腹部的傷口，清晰可見。血霧從傷口噴出，染紅了呂布的面頰。手中的畫桿戟似乎變得千斤之重，讓呂布感到有些吃力。他想過很多種結局，唯獨沒有想到這種結局。

偷襲……沒錯，堂堂虓虎，最後竟然是被人偷襲而死……

一股怒氣，驟然湧上心頭，呂布仰天一聲嘶吼，赤兔嘶風獸也隨之發出淒厲嘶鳴。

「關羽，拿命來！」呂布咆哮著，掄起畫桿戟，向關羽衝去。

關羽此刻甚至連站立的力氣都沒有了，眼睜睜看著赤兔馬向他衝來，丹鳳眼不由得圓睜，氣色灰敗的面膛上，流露出絕望之色。他萬萬沒有想到，呂布受了這麼重的傷，竟然還有餘力。

「二哥，快閃開！」張飛趕過來，眼見這一幕不由得大叫。

可惜，關羽此刻哪裡還有力氣閃躲，眼睜睜看著呂布衝來，畫桿戟呼的落下，不由得閉上雙眼。

叮，一支手戟飛來，正中畫桿戟上。

巨大的力量，使得畫桿戟脫離原先的軌跡，貼著關羽的身子，噗的一聲，沒入地面。

赤兔馬隨之停下，呂布就這樣坐在馬背上，身體保持著揮戟劈落的姿勢，一動不動。

關羽整個人如同虛脫了似的，撲通一聲坐在廢墟當中。他抬頭看去，卻見呂布面色如常，虎目圓睜，但是卻氣息全無。不知為何，關羽勃然大怒，爬起來衝過去，一把將呂布從馬上推了下去。呂布的屍體落在塵埃之中，畫桿戟隨之落地。關羽撿起大刀，手起刀落就要砍下呂布的腦袋。

就在這時，只聽有人一聲暴喝：「關羽，人已死了，何苦再去糟踐屍體！」

循著聲音，關羽看去。只見典韋身披重甲，催馬上前。

眼中似帶著嘲諷之意，典韋冷冷哼了一聲，從馬上跳下來，彎下身子，撿起掉在地上的手戟。

原來，剛才救關羽的人，正是典韋。

「呂布人雖不堪，但也算得上是豪勇之士。你殺就殺了，何苦再壞他屍首……今日虓虎歸天，卻不知何時才能再遇到這等人物。來人，將溫侯屍體收殮起來，兵器和馬匹全都帶走。」

典韋話語中，帶著一絲絲可惜的意味。

說起來，他曾與呂布面對面的交鋒過，對呂布的武藝，也是讚嘆不已。

張飛催馬上前，聽聞典韋要收取呂布的兵器和馬匹，頓時大怒。他躍馬衝上前來，攔住了典韋：「典韋，你好不知羞！呂布是我哥哥所殺，憑什麼你要帶走馬匹和兵器？」

典韋虎目圓睜，渾濁黃睛陡然間一亮，厲聲喝道：「就憑我是典韋，你可想攔阻我嗎？」

張飛大怒，剛要發作，卻被關羽喚住：「三弟休得無禮，剛才若非典中郎，我已死於非命。典中郎，莫要計較我兄弟，他並無惡意，不過莽撞一些罷了，馬匹和兵器請典中郎帶走就是。」

典韋看了關羽一眼，點點頭，撥馬就走。

許褚、夏侯惇等人上前來，與典韋打了招呼，然後又恭賀了關羽一番，各自領兵離去。

張飛下馬，攙扶著關羽，氣呼呼問道：「二哥，你剛才為何要忍那典君明？我可不怕那傢伙。」

「我知你不怕，可咱們現在是寄人籬下。典韋又是曹操的心腹愛將，你和他衝突，豈不是給兄長招惹麻煩？而且你剛才難道沒看見嗎？一旦你和典韋動手，許褚、夏侯惇絕不會袖手旁觀。你雖說武藝高絕，但想要對付他們三個聯手，恐怕還有些不足。我又受了重傷，到時候只能眼睜睜看著你，死於他們三人之手。」

「他們敢！」

關羽冷哼一聲，「他們的確敢。曹操對兄長素來忌憚，只是苦於沒有下手的機會。你剛才如果動手，他們殺了你，曹操非但不會怪罪，甚至會拍手稱快。這周圍都是曹軍，你我真若是出了意外，那兄長豈不是更加勢弱？反正呂布死於我手，任他們得了馬匹兵器，也休想搶占功勞。所以，你無須和典韋爭執。」

關羽這一番話，使得張飛再也無話可說。心裡雖然有些不甘，可也知道，人在屋簷下，怎能不低頭的道理。他咬了咬牙，狠狠頓足。

「二哥，你傷勢如何？」

「沒大礙……」關羽說著，突然劇烈咳嗽起來，噴出一口血沫。

他長出一口氣，輕輕搖頭，「原以為我已高估了呂布，沒想到……也幸虧他死了，否則天下間，還真是無人可敵。走吧，咱們與兄長會合之後，再做計較。」

說罷，關羽在張飛的攙扶下，緩緩而行……

身後，曹軍士卒們也開始清理戰場。

「呂布死了！」

當戰鼓聲、喊殺聲停止的一剎那，曹朋心中頓生一種空落落的感受。

一代豪勇之士，就這麼死了！三國第一武將，已魂歸故里。他不禁長嘆一聲，與曹洪相視。

曹洪輕聲道：「準備一下，咱們要進內城了！」

曹朋點點頭，轉身離去。他突然有種衝動，不想再繼續停留下邳。

回到自家營寨的時候，甘寧已返回。

「都安排好了？」

「已安排妥當……子幽接手，現在應該已快到下相了。」

曹朋多多少少感覺到了一絲寬慰。不管怎樣，他至少保住了呂布的骨血不受侵害。以他現在的能力，所能做到的也只有這些。

其實，從一開始曹朋就沒想過，呂布能活著殺出重圍。

沒有錯，呂布很厲害，胯下馬，掌中畫桿戟，萬夫不當。可問題是，此時此刻曹操帳下可說是聚集了天底下的英豪，典韋、許褚、夏侯惇、徐晃……包括曹洪在內，哪一個不是驍勇善戰？更不要說那劉、關、張三人，同樣不是善與之輩。這麼多人聚集在一起，如果讓呂布跑了，才真是笑話。

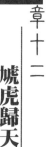

「天亮之後，我們去徐縣。」

「喏！」

曹朋搔搔頭，擺手下令，挺進內城。

不過，隨著呂布的戰死，內城已經失去了抵抗之力。那些本就沒什麼戰意的軍卒，在得知呂布身死的消息後，自動開啟城門，放下兵器。曹朋和甘寧帶著三百黑眊兵，自東南側門進入內城。

一路上，他們只聽到呂布駭人的戰績。

呂布率八百死士突圍，殺傷曹軍千餘人。呂布一路衝鋒，共斬殺曹軍驍將三十餘人，臨死前還重傷了關羽這樣的超一流猛將。而死在呂布手中那些無名無姓的曹兵，更不計其數。

即便是甘寧，也不由得搖頭感慨：「虓虎，竟勇猛如斯？」

「可惜已魂歸天外。」曹朋嘆了口氣，突然道：「興霸，有沒有感到後悔？」

「後悔？」

「如果不是我拖累了你，說不定殺死呂布的人就是你，而非關羽。」

「此等戰績，有何值得炫耀？」甘寧冷嗤一聲，一副不在意的表情。

也許，他已經聽說了關羽殺死呂布的過程。對甘寧而言，那種偷襲的打法，實不足為人道。

曹朋笑了笑，沒有再開口。

兩人在經過王城大門的時候，就見幾名衛士押著陳宮走出來。

「陳軍師！」曹朋下馬，搭手向陳宮行禮。

那陳宮看了曹朋一眼，也只是微微一笑，算作還禮，卻沒有出聲。

「什麼狀況？」

押送陳宮的衛士道：「司空剛才勸降他，卻被他喝罵了一頓。沒辦法，司空只好下令殺他……不過他提出了一個要求，希望能死在呂布面前。呂布的屍首如今停在國相府，我們帶他前去行刑。」

曹朋目送陳宮的背影離去，又是一聲長嘆。

「陳宮如果從一開始便全力輔佐呂布，呂布如果一開始就聽從陳宮之計謀，一能武，一能文，若這二人齊心協力，至少能坐鎮一方諸侯……可惜，實在是可惜了這二人才幹。」

甘寧輕聲道：「公子好像頗有感慨？」

「非是感慨，只是覺得這兩個人……算了，不說了！咱們去向曹公辭行，再儘快趕往徐縣。」

天邊，已泛起魚肚白的亮光。

曹操高踞大堂上，濃眉緊鎖：「呂布家小，竟不見了蹤影？」

董昭一臉苦澀，「主公，卑職是在第一時間進駐內城。據這侯府的下人們說，傍晚時，呂布便下令他們回到各自房間裡，不許任何人露面，所以，也沒有人知道呂布的家小去了何處。不過聽他們說，前些日子內城曾發生過一次叛亂，侯成、魏續被呂布所殺，連他那假子也參與其中。後來，呂布假子被人救出，便不知了去向。主公，你說會不會是……」

曹操問道：「那呂布假子，如今可知下落？」

「卻不知曉。」

「給我查，一定要查出來，呂布家小究竟被何人帶走。」

呂布雖然死了，可是曹操的心裡並不覺得安寧。是什麼人神不知鬼不覺，在他眼皮子底下帶走了呂布的家小？這個人，究竟是出於什麼目的？抑或者，呂布在下邳尚有同黨隱藏？

這問題，縈繞在曹操的腦海中，讓他有些無法釋懷。

就在這時，有兵士稟報，都護將軍帳下軍司馬曹朋求見。

「他有什麼事？」

「曹司馬只是請問，何時動身前往徐縣。」

曹操心裡一動，沉聲道：「讓他前來見我。」

不一會兒的工夫，曹朋大步流星，走進了大廳。

他搭手向曹操行禮，「末將曹朋，參見司空大人。」說完，卻沒有聽到曹操的回應。曹朋心裡一動，偷眼看去，就見曹操正看著他，眼睛一眨也不眨。

那目光，猶如兩把利劍，使曹朋心裡沒由來一慌張。不過，從表面上看，他並沒有任何問題。

「曹朋，你和張遼熟悉？」

「算不得熟悉，只是有過一面之緣……文遠將軍很和善，當時聽聞海西比較混亂，而末將與家兄身邊又沒有什麼兵馬，於是贈我二百兵卒。後來在和海賊的交鋒中，起了大用處……說起來，倒不是和文遠將軍有什麼交情，恩情倒是差不多。所以……末將更不願張將軍出事。」

「原來如此！」

曹操沉默片刻，突然又問道：「那你可知道，呂布在下邳，可有什麼親友？」

曹朋露出迷茫之色，搖搖頭道：「這個……末將倒是不太清楚。」

「這樣啊……那你即刻動身吧。若能說降張遼，固然是一樁好事；如果無法說降張遼，也不必強求，速去速回，我尚有要務委派與你。」

之前從郭嘉口中，曹朋隱隱約約聽出，曹操似是想讓他留在廣陵。

他插手應命，轉身離去。

剛走到大門口時，忽聽曹操說：「友學，我聽說你和呂布的女兒認識？」

心裡頓時一咯登，曹朋只覺一股寒氣從脊梁骨直竄起來，衝到了頭頂……他強作鎮靜，回身道：「確是認識。」

「呂布家小如今神秘失蹤，你以為會是何人所為？」

「這個……恕末將愚魯，不知此事。」

「可你和呂布的女兒，不是認識嗎？我聽人說，她還跑去海西玩耍過一些時日……你說她會不會是去了海西？」

曹朋的手心，汗涔涔。他做出思索的樣子，想了想道：「應該不可能吧。早先呂布與海西開戰，可謂是損兵折將。呂家人對我恨之入骨，又怎可能跑去海西呢？主公莫不是以為……」

「沒事兒、沒事兒，我只是隨便問問。」曹操說罷，擺手示意曹朋可以離去。

轉過身，曹朋猛然一個白眼，只覺得腦袋嗡嗡直響。

這個曹孟德，果然是名不虛傳……其多疑如斯，居然從呂藍到過海西，從而懷疑到自己身上。幸虧自己沒有讓呂布一家到海西，否則必有殺身之禍。可問題是，即便呂布一家人躲在郁洲山中，如果不儘快轉移出去的話，遲早會被曹操發現。該讓她們逃去何處呢？

出了王城，曹朋發現自己的內衣已經濕透了。

「興霸，瘋子回來沒有？」

「已經回來了。」

「令他立刻設法去伊蘆鄉通知周叔，一旦接到呂家人，馬上運往郁洲山，絕不可滯留陸上。」

甘寧一驚，立刻明白了這其中的奧妙。

「我們馬上動身，你快去準備一下。」

「喏！」

甘寧連忙轉身離去，曹朋也扳鞍上馬。

沿著那條貫穿東西的大街，曹朋帶著人迅速離開了內城。剛行出內城大門，卻見一人從旁邊閃出，一把抓住了曹朋的馬轡繩。

「友學，你好大的膽子！」

曹朋只覺得腦袋嗡的一聲響，忙定睛看去……

# 章十三　殺身之禍

天亮了！

呂藍昏沉沉睜開眼睛，只覺得頭痛欲裂，一陣天旋地轉的眩暈感襲來。冬日清冷的陽光照射在她的臉上，刺得她睜不開眼睛。

「阿娘。」呂藍輕呼一聲，嚴夫人轉過身。

「阿娘，妳怎麼這個打扮？」呂藍看著一身戎裝的嚴夫人，不禁有些奇怪。她轉頭看去，卻見二娘和小娘也都是一身戎裝，甚至包括祈兒在內，同樣頂盔貫甲，打扮的好像普通軍卒。

車轂轆嘎吱嘎吱，輾壓著地面。

呂藍在剎那間，好像明白了什麼……

「阿爹呢?」

嚴夫人心中沒由來的一痛，眼眶一紅，淚水在眼眶中打轉。

「阿娘，到底是怎麼回事?阿爹去哪兒了?我們這是在什麼地方?阿娘，妳快點說啊!」

一連串的問題，使得嚴夫人不知道該如何回答。片刻後，她輕聲道：「玲綺，我們現在去伊蘆鄉……妳不是一直想去看海嗎?我們去看……」

「不，我要阿爹，我不去伊蘆鄉，我要回家!」

呂藍的性子有些嬌憨，卻不代表她是傻子。眼前的種種，使得她很快便明白了其中的玄妙。沒錯，她之前恨呂布……恨呂布輕啟戰端，恨呂布一定要把她嫁給袁術的兒子。可是當呂布帶著她突營的時候，那種小心，那種關愛，使得呂藍心中的恨意早消失不見。她是呂布的女兒，注定了有些事情不能夠隨心所欲。

貂蟬把呂藍緊緊摟在懷中，「玲綺，不要鬧了!我們已經沒有家了……妳阿爹為了妳，決意突圍以吸引曹軍的注意力，更有人冒著性命危險，將咱們從下邳解救出來。聽我說，妳阿爹不會有事!他胯下馬，掌中畫桿戟，天下無人能敵。咱們先過去，等過些日子，妳阿爹就會回來。到時候咱們一家人，又可以在一起了。」

「可是……」呂藍眼中的淚水，好像斷了線的珍珠一樣，撲簌簌掉落下來。

突圍？談何容易！

如果說以前呂藍不知道戰爭的殘酷，那麼此次下邳之圍，便讓她充分認識到了其中的凶險。

這時候，高順走上前來，輕聲道：「夫人，該下車了。」

「嗯？」

「前面是曹軍哨卡，過去之後，就是曲陽治下。夏侯派人通知我，所有人下車，步行前進。到了曲陽之後，自有人接應咱們……夏侯說，叔龍還活著，如今就在伊蘆鄉等著咱們。所有一切事宜都已經安排妥當，咱們需儘快趕路。」

嚴夫人說：「我知道了。」她扭頭看了一眼車上的四個女人，輕聲道：「走，咱們下車。」

曹朋和陳群並肩而行，一路上都沒有說話。

陳群顯得有些沉默，半晌後他開口道：「呂布的屍首，由我負責安葬。我會命人把他的棺槨埋在葛嶧山下，祖水祠畔。你將來想找的話，很容易……我到時候會設法做出一些標注。」

「長文，多謝了！」

「你這件事辦得有些莽撞……雖說你和呂布並無太多交往，可畢竟有過接觸。如果有人真想追查，並不困難。如果曹公不想追究也就是了，如果要追究……你最好儘快把她們安排走，不要被人發現……最好，能安排她們去海外，這樣一來，曹公就無法追查。」

「海外？」曹朋眉頭一蹙。

「徐州、青州皆曹公治下，冀州亦不安全……其他地方，多有豪強，你根本無法照拂。最好的辦法，就是去海外……」

左右沒有人，陳群從懷中取出一幅白絹，塞到了曹朋手中。

「前些年，我曾偶然救下一個海商。此人常年往返於海外，便送了我一幅海圖。朐山東北，有一半島，島上盤踞三國，極為混亂。其乃蠻夷之所，據說是茹毛飲血而活。生活可能有些艱難，卻總好過如今這邊的危險。我知道你手中有些力量，送她們去馬韓吧……」

「馬韓？」

「正是。」陳群壓低聲音，「呂布麾下有一大將，名高順，善戰。此人對呂布忠心耿耿，可是從呂布突圍到現在，竟一直沒有出現。想必……你懂的！有他在，再有數百兵馬，足以橫行馬韓。如果他們能在那邊站穩腳跟，曹公也不可能繼續追究。」

馬韓……不就是三韓之一嗎？相傳，朝鮮最初的原住民，就是三韓後裔。

難不成，陳群說的是朝鮮半島？

曹朋詫異的看了陳群一眼，把白絹地圖收好。

陳群能做到這一步，可謂是仁至義盡。他都還未能在曹營中站穩腳跟，就願意幫助自己，曹朋心裡萬分感激。同時，他也感到有些後怕。

原以為自己所作所為是神不知鬼不覺，可沒想到，還是被人看出了端倪。

陳群能看出破綻，那就難保還會有人看出端倪。至少從之前和曹操的對話裡，曹朋感受到了曹操的疑慮。要知道，曹操帳下，比陳群厲害的人物有很多。郭嘉、荀攸就不說了，荀彧以及那位至今未曾見到過的程昱，還有即將歸順曹操的賈詡，哪一個不是足智多謀的人？

曹朋拱手道：「兄長，多謝了！」

陳群只是笑了笑，卻沒有再和曹朋多言，便匆匆告辭離去。

這是個很有情義的傢伙！

曹朋暗自感嘆一聲，接著直奔大營，和甘寧會合一處。而後，他又找到了曹洪，向曹洪告辭。

曹洪知道曹朋的任務，所以並沒有挽留，只是讓他多加小心。

「阿福，你手中現在有多少兵馬？」

「目前跟隨我，有三百人……海陵上留有二百。不過，海西兵力之前幾乎被我抽空，所以我考慮著，想要從下相和曲陽那邊抽調一些人過去。」

「哈，如此甚好。告訴你一件事，你內兄很有可能就任屯田都尉，掌曲陽海西地區的屯田事宜。如此一來，海西將成為兩淮東部最大的屯田區域。到時候難免會使人嫉妒，手中有些兵馬，也是一樁好事。反正海西今年的存糧不少，這樣吧，我送你五百健卒，再建議司空，把曲陽兵馬全部交付海西……至於下相……阿福，我還有件事想要拜託你，讓嚴法到我手下，不知可否？」

「你要五哥幫忙？」曹朋一怔，旋即有些開心。

隨著鄧範的武藝漸漸有成，同時又經過了一年的磨練，其能力比之當初在許都，強了不少。如果能跟隨曹洪，日後的前途必不可限量。

曹洪道：「我已得到消息，司空欲使我為陳郡太守。」

「啊……那恭喜叔父。」

陳郡，位於豫州，原名陳國。毗鄰陳留和汝南，護佑許都側翼。

曹洪苦笑道：「可是陳郡那地方頗有些複雜，我手中又無可用之人。我原本想找子孝借人，可是子孝馬上要去河內，無力助我……呵呵，你也知道，我平素人緣不是太好，到了關鍵時候，身邊連個可用的人都沒有。鄧嚴法武藝不錯，而且和你我關係又親近。徐州戰事平定以後，估計海西也不會有大戰事，讓他繼續留在海西，也無用武之地，倒不如跟著我。」

自家兄弟，當然希望能有一個好前程。曹真如今留在虎豹騎，前途光明，無須曹朋費心；典滿和許儀，將門之子，有他們老爹在，更不需要曹朋扶助；至於朱贊和曹遵，一個在司隸校尉帳下效力，一個是洛陽北部尉。說起來，小八義裡面，除了曹朋、鄧範、王買這三個人以外，都有遠大前程。鄧範如果真能在曹洪帳下做出功績，將來必然是前途一片光明。

「我是沒意見，叔父願提拔五哥，我高興都還來不及。不如這樣，我路過下相時，和五哥說一下，到時候讓他過來找你就是。」

「如此，甚好！」

和曹洪話別之後，已經是正午時分。下邳已基本上平靜下來，大隊兵馬陸陸續續退出下邳城，而曹操則坐鎮於王城之中，接見下邳名流縉紳。

曹朋和甘寧動身離開了下邳。至傍晚時，他們抵達下相，和鄧範、潘璋會面。

曹朋把曹洪的請求，告訴了鄧範。鄧範有些猶豫，但是在曹朋的勸說下，最終點頭答應下來。而潘璋則連夜趕往曲陽，下相的防務，隨之交給了曹操派來的使者。

天黑之後，曹朋就宿於下相驛站之中。

他在書案上鋪開了陳群送的那幅地圖，仔細研究了一下，最終確定陳群所說的馬韓，就是朝鮮半島上的一個國家。在隋唐時期，馬韓更名為百濟，後來為新羅所消滅，也就是後世韓國人的祖先。

朝鮮半島上還有一個國家，那就是高氏高句麗。很多人把高句麗當成了朝鮮人的祖先，其實又是一個錯誤。高句麗，是上古時期我國東北的古老民族，古文獻稱之為『白民』、『毫人』或者『發人』，後融合了衛滿朝鮮後裔，組成高句麗國，也稱之為高氏高句麗。

而新羅和百濟，則是三韓後裔組成，也就是朝鮮人的祖先。

陳群的意思非常明白：呂氏家眷不管是在哪兒，都不安全……至少從目前來看，不太安全。

那麼，唯有流亡海外，是最好的出路。

三韓聽上去很強大，其實在三國時期，不堪一擊。

曹朋又仔細分析了一下地圖，發現如果從郁洲山（也就是後世的連雲港，東西連島）出發，穿過渤海灣，大約三天便可以在馬韓登陸。地圖上標注了幾個港口，並附有極為詳盡的解說。

如果……

曹朋獨自坐在房間裡，沉吟良久。半晌後，他找來了甘寧，把他的想法盡數告之。

「長文今日的提醒，讓我醍醐灌頂。我自以為做的隱秘，可這天底下無不透風的牆……郁洲山雖說隱秘，但畢竟是曹公治下，只要曹公願意，可隨時派人自朐山出海，巡視郁洲山。而朐山又非我們治下，根本無法控制。所以，最好的辦法，就如長文所言，送夫人們前往馬韓躲避，曹公也就無法再去追查。」

「馬韓？」甘寧不禁蹙起眉頭。「可夫人們手中將不過高順、曹性，兵不過百人……」

「這次送夫人們去伊蘆鄉，有五百人。這些人多為下相降卒，是曹叔龍的部曲，索性……」

「把這些人，還給曹性？」甘寧有些頭疼道：「可一下子少了五百人，會不會太搶眼了？」

「讓我姐夫從兵屯徵召五百人，湊足這個數字就好。」

「似乎，也只有這個法子了。」

「明天一早，我會去徐縣勸降張遼，興霸你和文珪一起前往曲陽。到了曲陽之後，你和子山立刻返回海西，設法把這件事搞定。總之，絕不可走漏了風聲，否則你我都會有大麻煩。」

甘寧點了點頭，表示明白。

第二天一早，曹朋只帶了十幾個人出發，前往徐縣；而甘寧和潘璋兩人，則匆匆趕回曲陽。

徐縣，位於泗水下游。

曹朋抵達徐縣的時候，已經是下邳城告破的第三天。陳登也停止了對徐縣的攻擊，和曹朋見過之後，便兵退十里，著手休整。而曹朋呢，單人獨騎，來到了徐縣城下。

「請告知張遼將軍，就說故友曹朋，前來拜訪。」

曹朋不持兵器，一襲黑色長袍，在城下拱手，請城樓上軍士稟報。

片刻後，徐縣城門開啟，兩列兵馬立於城門兩側。只見他們衣甲骯髒，髮髻淩亂，卻個個透出一股殺氣，手中大刀長矛在陽光下閃爍寒光。一員騎將在城門口厲聲喝道：「曹朋，我家將軍有請。」

下馬威？

曹朋不由得笑了！他神色自若，催馬進入城門。

隨著他的身影入了城門卷洞之後，城門旋即關閉起來。

在那騎將的引領下，曹朋沿著淩亂的長街，來到了徐縣縣衙門口。一路上，只見殘垣斷壁，到處是無家可歸的平民，擁擠在一座座隱秘的棚子裡。他們的表情僵硬，目光呆滯。

曹操圍攻下邳近二十日，而徐縣承受的壓力，絲毫不比下邳小。

縣衙門外，曹朋跳下了戰馬，邁步登上臺階，卻見前庭的院子裡，架著一個大釜。釜中盛滿了油，釜下堆積著柴火，烈焰熊熊，使得整個前庭，瀰漫著一股滾油的味道。

張遼端坐在堂上，身前書案，一把鋒利的寶劍，靜靜擺放。

「阿福，你此來若是想要勸我投降，休怪張遼不講昔日情面。」

曹朋才一走進堂上，便聽張遼厲聲喊喝。只見他抓起寶劍，揮劍落下，喀嚓一聲，那書案的案角被寶劍切斷，切口平整，令人怵目驚心。

曹朋卻笑了！

張遼消瘦了很多，雙頰略有些凹陷，使得他看上去顯得很憔悴。

不過，他的眼神依舊灼灼，如兩把利劍一樣。曹朋笑了，可是張遼卻好像沒看見，一臉肅殺。

「怎麼，你不信我寶劍鋒利？」

曹朋說：「文遠寶劍鋒利，然則卻只能居於這彈丸之地，苟延殘喘。門口那一釜熱油，莫非是為我準備？你明知道我此來目的，要殺便殺，何必要出這麼多的花樣。只是今日你若殺了我，必成不仁不義之徒。」

「我不投降曹操，就是不仁不義？」張遼好像聽到了這世上最有趣的笑話，哈哈大笑不止。

曹朋站在堂上，神情自若。待張遼笑完，他才開口道：「君侯已死。」

「我知道……昨日陳元龍已經說過，那又如何？」

曹朋的目光，在堂上掃過。

張遼是個聰明人，馬上明白了曹朋的意思。不過，他卻恍若未見，雙眸仍直勾勾盯著曹朋。

曹朋說：「正因君侯已死，所以才說你是不仁不義，不忠不孝之徒。」

「阿福，你不是個優秀的說客。」張遼冷笑一聲，「君侯戰死，我自當為君侯盡忠，何來不忠不孝？」

「既然如此，我們何需贅言？你若要殺我，只管動手；若不殺我，我就離開……可惜君侯，死後連家小都無法顧及……」

「你說什麼？」張遼猛然探身，疑惑的問道：「君侯家小，發生何事？」

曹朋卻閉口不言。張遼很清楚曹朋的心思，卻又無可奈何，於是一擺手，示意堂上的刀斧手退出去，而後命人撤去了油釜。

「你隨我來。」

張遼帶著曹朋，穿過後堂夾道，來到後院裡。

他命親衛在四周警戒，兩人站在一塊空地上，張遼才問道：「說吧，到底是怎麼一回事？」

「君侯臨死前，曾以妻小託付於我。」

「啊？」

「我已秘密將君侯妻小帶出下邳，然則曹公追查甚緊，我不得不做其他安排。我能做的事情，也只有這許多。若想要保護君侯家小周全，還需有一強力之人。縱觀曹公帳下，與君侯結仇者多，而可信任的人卻少……你可知，君侯死於何人之手？就是那劉玄德之弟，關羽。」

「劉備與君侯，素有仇怨。而且君侯假子呂吉，已投奔了劉備……他們若在曹公帳下站穩腳跟，勢必會追查夫人們的下落。可我卻無力繼續保護，到了最後，君侯血脈也將就此滅亡。將軍非薄情寡義，又算什麼？」

張遼聽懂了曹朋的意思。這是希望自己歸降，為呂布妻小做個靠山啊！

他沉吟不語，在原地徘徊。

曹朋又道：「張將軍，我今日前來，固然是勸你歸降曹公，更是希望憑藉你的才能，將來能為君侯妻兒謀一出路。如今，她們一群孤兒寡婦，很是艱難，需要有人能夠暗中照拂……而將軍有大才，正當為曹公效力才是。曹公奉天子以令諸侯，占居天下大義。張將軍，你若繼續堅持，到後來不禁要被罵做是無情無義之輩，還會被人稱之為反賊，此何其苦也？」

「再者說了，將軍你武藝高強，兵法出眾，可是卻沒有一展才華的機會……曹公求賢若渴，如果將軍歸附，曹公必以國士而代之，使將軍得償所願；將軍若不肯歸附，僅落得個罵名。如果將軍歸附，方為一舉三得啊。」

張遼心動了！

歷史上，他是在白門樓時，歸附了曹操。而今，白門樓沒有了，可是他卻面臨著另一個選擇。對曹操，張遼也頗有欽佩。兩人也算得上是舊識，當年都曾在董卓的帳下效力過……曹朋的一番話，也使得張遼躊躇不已。

「夫人一家，現在何處？」

曹朋看著張遼，卻不肯回答。

張遼苦笑一聲道：「阿福你既然不信我，又何苦讓我相助？」

「夫人的下落，知道的人越少越好。我如今也正在盡力安排，只要夫人安定下來以後，必與你知曉。

而今，你就算歸附了曹公，也難幫上大忙。當我認為合適的時候，自會告之。」

「也罷，隨你吧。」張遼也不是不知輕重的人，當然清楚這種事知道的人越少越好。「你，要我如何歸附曹公？」

「只需退出徐縣，隨陳登前往下邳即可。」

「那你呢？」

「我？」曹朋笑了笑，輕聲道：「曹公已懷疑到我，所以這個時候，我不能和你走得太近。」

「這個……」

「你可以慢慢考慮，但時間可不多。」

張遼想了想，「且容我三思。」

與此同時，伊蘆灣內，嚴夫人一行登上了海船。

「叔龍！」

看到曹性的一剎那，高順不由得感慨萬千。而嚴夫人等人，更一個個生出莫名的感慨。

昔日八健將，如今除了張遼、臧霸之外，只剩下曹性一人。

郝萌、成廉早已不在，而宋憲、侯成、魏續三人也魂歸天外，臧霸歸附了曹操，只剩下張遼還在堅持。可是以目前的狀況來看，張遼若不降曹操，也是凶多吉少。如此一來，能跟隨在身邊的人，也只有曹性了！曹性是呂布的老臣子，所以看到他的一剎那，眾人都非常激動。

「叔龍，我還以為你……」

曹性仰天長嘆一聲，「我也曾以為自己……不過曹朋告訴我，他會想盡辦法救夫人們和玲綺出來。我忍辱偷生也只為此事，不然早就……曹朋那傢伙，總算是沒有騙我，我等的好苦。」

「曹叔叔，我阿爹他……」呂藍淒聲道。話未說完，淚流滿面。

呂布戰死的消息，已經傳到了她們的耳中。雖說之前已有了準備，可聽到這消息的時候，還是忍不住心中悲慟。

「夫人，我們先離開此地。」

「去哪兒？」

「郁洲山。」曹性說罷，突然壓低聲音道：「事情可能有變化，曹朋的使者，如今就在船上等候。所有人全部登船，我們到郁洲山再說。夏侯……你家公子要你立刻趕回曲陽，等候他的通知。」

「那兵馬……」

「這些人，都帶到郁洲山。」

此次隨行的兵馬，除了高順那五十人之外，其餘大都是下相降卒，也就是曹性的部下。

夏侯蘭也不遲疑，立刻上馬，拱手告別。

「那個壞傢伙，總算是有些良心。」

這兩天來，呂藍嘴上一直在咒罵曹朋，可是現在，她終於說出了一句心裡話。她攙扶著嚴夫人，祈兒則跟在曹夫人和貂蟬身後，一行人很快走進了船艙，就見船艙裡，一個青年文士正在等候。

「這位是步騭，步子山，步先生。」

嚴夫人連忙上前見禮，「妾身見過子山先生。」

「夫人，客套話咱們就不用再說了，我今日趕來，其實是奉了我家公子的命令。叔龍，你去整頓人馬，登船。我們先出海，到了海上，再與夫人詳細解說。老周正在郁洲山等候。」

曹朋一共有八艘海船，如今停靠在伊蘆灣的，有四艘。平均每艘海船可容納兩百人，所以四艘海船已經是綽綽有餘……

嚴夫人所在的海船上，除了水手之外，就是那五十名健卒。高順也留在船上，負責守衛。

海船出了伊蘆灣之後，朝郁洲山方向行去。

嚴夫人有些緊張的問道：「子山先生，究竟發生了什麼事？」

「我家公子，被懷疑了！」

「啊？」

「曹公似有疑慮，懷疑是我家公子救妳們出來。公子讓我前來，就是要我告訴妳們：原本公子打算讓妳們暫時躲在郁洲山，可現在看來，似乎有些危險。朐縣距離郁洲山，不過一日路程，如果有人要打探的話，還真無法覺察。」

「那你家公子的意思是……」

「走遠一些。」

步鷺輕出了一口濁氣，從懷中取出一幅白絹，交給了高順，而後由高順再放到嚴夫人手中。嚴夫人並沒有立刻打開白絹，而是看著步鷺。

步鷺笑了笑，「夫人且莫誤會，我家公子如今正在想方設法保全夫人一家。這白絹，是馬韓地圖。我收到之後就立刻查閱了一些卷宗，把馬韓的情況瞭解了一個大概……我們會在郁洲山上停留三日，這三天裡請夫人們和小姐好生休息。我家公子吩咐，若三天後他沒有消息，就立刻動身。」

「不瞞幾位夫人，馬韓那邊雖有些破敗，但總體而言還算周全。此次護送夫人們的兵馬，全都是昔日曹叔龍部下，加上高順將軍，夫人們足以在馬韓站住腳跟。從馬韓到海西，大約有三天海路。到時候我們會透過各種途徑向夫人們輸送輜重，以保障夫人們的安全。如果繼續留在郁洲山……」

「我明白了！」嚴夫人突然制止了步鷺的話語，起身一福。「曹公子待呂家，情深意重，妾身感激不盡。不過此事，能否容妾身和女兒商量一下？畢竟若去了馬韓，遠離故土，不知何年何月……」

「此人之常情，若換作我，也會如此。」步鷺說罷，起身告辭，走出船艙。

「阿娘……」呂藍靜靜聽完了嚴夫人的話，突然道：「曹公子，要趕我們走嗎？」

「不是曹公子趕我們，而是我們現在，不得不走。」

嚴夫人也知道，曹朋能做到這一步，已經是盡了他最大的努力。他如今的身分和地位，並不算太高，恐怕也只能做這麼多。曹操如果追查不止，到最後遲早會找到她們，甚至連累到曹朋。

曹朋，為她們已經做了太多事情。雖然最初和呂布開戰，但也是不得已而為之。現在，他正拚了性命，來維護自己一家人的安全。無親無故，能做到這一點，難能可貴。

嚴夫人突然問道：「秀兒，妳怎麼看？」

貂蟬正在查看那份地圖，聽到嚴夫人的詢問，她抬起頭。如花般精緻的面龐，看不出半點喜怒。貂蟬輕聲道：「曹公子的安排，從目前來看，恐怕是最好的辦法。除非我們想做那階下之囚，任人宰割。」說著，她向曹夫人看去。

「只有這條路了嗎？」

嚴夫人沉聲道：「只剩下這條路。」

「那，就聽姐姐的吩咐。」

「好吧，咱們先上郁洲山，然後再做準備。曹公子不是說了，他會在三天內趕過來……如果三天內他無法趕來的話，咱們就動身啟程。」

「不等阿福嗎？」呂藍輕聲問道。

看著女兒那絕美的面龐，嚴夫人不由得心中生出一陣悸動。呂藍若此去馬韓，這一世恐怕再也難返回中原了！可憐的孩子，從此以後將生於蠻夷，這一輩子算是完了。

可，又有什麼辦法？

誰讓她是呂布的女兒呢！

「看情況再說。」嚴夫人想了想，對呂藍笑了笑。

這時候，船艙外傳來步鷺的聲音：「夫人，快到郁洲山了！」

「大家準備一下吧……祈兒，妳隨我來。」嚴夫人說著，邁步走出了船艙。

祈兒有些疑惑的跟在嚴夫人身後，來到甲板上，停下了腳步。

海面平靜，遠處，落日的餘暉灑在大海上，給海面平添了一抹火紅。那景色，淒美極了……

「祈兒，從現在開始，妳要盯住二夫人。」

祈兒聽聞，不由得一怔。

「二夫人自幼錦衣玉食，嫁給君侯以來，更是享盡榮華富貴。剛才商議的時候，我看她言語中頗有些猶豫。妳給我盯住她，盯住她的一舉一動，萬一她有異常舉動，妳可以先把她……」嚴夫人說著，手上做出了一個殺人的動作。

祈兒打了個寒顫，輕咬紅唇，半晌後點了點頭。

「祈兒，如今非常時期，且不可有半點心慈手軟。否則非但我們性命難保，曹公子一家……他幫了我們這麼多，如果再連累了他，妳我於心何忍？」

「夫人放心，祈兒知道該怎麼做！」

嚴夫人點點頭，回身眺望海面上。

在她們的後面，三艘海船緊緊相隨；而在正前方，一座海島在落日的餘暉下，顯出了輪廓。

建安三年十二月十五日，張遼大開徐縣城門，出城獻降。

曹操得知以後，喜出望外，當即命郭嘉前往徐縣，拜張遼為中郎將，賜關內侯。同時，郭嘉還帶來了曹操的命令，請張遼率部前往下邳。而曹朋則因勸降張遼有功，也被賜五大夫，騎都尉，隨行返回下邳……

# 章十四

# 諸君，珍重！

下邳，王城。

曹操頗有些苦惱的把手中卷宗放下，抬手撚著短髯，略顯肥胖的雙頰透出一抹凝重之色。

這個曹友學，還真是不讓人省心啊！

篤篤篤！房門被敲響，一士卒來報：「司空，奉孝求見。」

曹操沉聲道：「請他進來。」

不一會兒的工夫，只聽門外傳來一陣腳步聲。緊跟著，房門開啟。郭嘉邁步走進房間，朝著曹操搭手一禮。

「奉孝，這麼晚了來找我，所為何事？」

郭嘉正色道：「嘉前來，乃是為主公排解憂愁。」

「哦？」曹操也不回應，只是擺了擺手，示意郭嘉坐下說話。而後，他起身從案上拎起一壺酒，走過去給郭嘉倒上一杯，又默默返回床榻上坐下，炯炯有神的雙眸凝視著郭嘉，一言不發。

曹操的眼睛不大，卻很有神。

郭嘉說：「主公想必正在為呂氏一族而憂慮？」

「呂布一死，其家眷不足為慮。我所慮者，想必奉孝也很清楚。劉玄德上書說，放走呂布一家的人，必然是曹朋。而從種種跡象來看，這件事和他脫不得干係。呂布的性子，我非常瞭解，突然間爆發出如此血性，著實令我意外；而他的家人，更神秘失蹤。我敢說，這和呂布的突然突圍，有著極為密切的關聯。是什麼人接走了她們？」

郭嘉沉默了。片刻後，他輕聲道：「想來主公已有判斷。」

「其實，奉孝你也清楚，對嗎？」

郭嘉猶豫了一下，輕聲道：「若主公得到呂布家眷，當如何處置？」

「禍不及妻兒，呂布罪當一死，但我尚不至於連累到他的家眷。」

郭嘉突然道：「我曾聽人說，呂布有一美妾，名為任秀，不知主公可曾見過此女？」

曹操愕然看著郭嘉，一下子有些反應不過來，好端端怎麼提起了那麼一個美嬌娘的名字？不過，他很快反應過來，不由得露出赧然之色，輕輕咳嗽兩聲，「任秀，確是美豔。」

「若留此女，難免生出禍事。公不聞董卓得此女而亡，呂布得此女而潰……此女猶若幽王之褒姒，紂王之妲己，皆禍國紅顏。依我看，曹朋把呂布家眷接走於主公並無壞處。嘉以為，曹朋之所以做這種事並不是於主公不利。相反，他若真存有貳心，當初又何必堅守曲陽，與呂布打得如火如荼？」

曹操撚鬚沉吟，一雙細目，不自覺半瞇縫起來。

「奉孝，那你說說看，曹朋救走呂布妻兒又是何故？莫非，他亦貪戀任秀之美，抑或者……」

「非也！」郭嘉忍不住笑道：「我曾聽人說，曹朋家中已有美眷。若說貪戀美色，倒不可能。此子乃耿直之人，不似某些人，思緒複雜。他救走呂布一家，恐怕更多是為了恩義。」

「恩義？」

「長文與我說過，當初鄧稷、曹朋抵達海西時，非常困難，手中兵馬不過二百。正是呂布當時贈與曹朋二百兵馬，才使得他兄弟順利度過了難關。友學素重情義，更知恩圖報。不過他很清楚，自己救不得呂布，所以才興了接走呂布家眷照拂的念頭，此仁義所為。只不過，這小子有時候太不知輕重，喜歡自作主張……但要說他謀反？那純粹是胡說。」

「如果曹朋真要謀反，又何必將糧草送來下邳？如果他真要謀反，大可以在主公兵困下邳的時候，伺機而動。那時候，以呂布之勇、陳宮之謀，必能使主公進退兩難。可是當大戰到來之時，他不但提供了糧草，還親自來到城下。主公，勿論友學是為什麼來下邳，但他肯定不會是為了謀反。」

曹操沉吟不語，但在內心裡卻已接受了郭嘉的這個解釋……這小子，倒確是重情義之人。不過，他既然做出了這等事，繼續留在外面，顯然有些不合適。

曹操原本打算，使曹朋為廣陵農都尉，命他主持海陵屯田事宜。可現在，卻不免有些猶豫。

「那你以為，當如何處置？」

郭嘉何等機靈，只聽曹操的語氣，就能猜測出他內心想法。

不過，有時候他必須要學會裝糊塗。一個太聰明的下屬，對老闆而言，是一大威脅。

「處置？」

「我是說，該怎麼安排？」

「不是說，讓他繼續留在海陵嗎？」

曹操咳嗽兩聲，「之前我也這麼考慮，不過後來想想，又覺得不太合適。友學的確是有才學，但年紀畢竟尚小。廣陵農都尉，責任重大，更關係到廣陵屯田大事，我擔心他做不來。」

郭嘉一副頗有同感的表情，用力點頭，「主公這麼一說，嘉亦有同感，之前是有些隨意了。」

「可你也知道，友學畢竟是立下了赫赫戰功。且不說他在曲陽斬首逾百，又有奪取下相、保我糧道不絕之功，現在還說降了張遼……這許多功勞，如果不賞，只怕對他也不公平吧？」

看得出，曹操並不想過分追究曹朋的過錯，究竟是出於什麼考慮，郭嘉也能依稀猜出一二……

曹朋雖說接走了呂布家小，但實際上於大局而言，並無太大影響。

甚至因為曹朋的出現，倒是令下邳戰局得以迅速解決，未嘗不是一樁好事。而曹朋有謀反之意的說法，也不太可能。曹朋的老爹老娘如今都在許都，他幾個結義兄弟，有的還是曹操的族子，所以說他造反，基本上屬於無稽之談。曹操更願意接受曹朋重義的解釋……

同時，曹朋有可能是曹氏族人，也使得曹操有些心動。

如果真的是自家族人，那更不可能造反。曹氏雖說人才輩出，可多一個人才出來，豈不是更好？

但不管怎麼說，曹朋畢竟是做出了一樁讓曹操有些不太高興的事情。

郭嘉想了想，「友學將十六了。年中休若還說，友學將及冠，正當求學。這孩子的德行和才幹不差，不過還需有明白人教導一二。叔孫之前也有這個意思，還有雋石公，也一直在設法為友學尋找老師。休若提及一人，有意讓友學拜師，恐怕也無暇做事吧。」

「呃……休若要給他介紹老師？」

「是啊，休若說，想要友學拜師仲豫門下。」

「仲豫？」曹操一蹙眉，輕聲道：「他如今不是正忙於編撰《漢紀》，有這個時間嗎？」

郭嘉所說的『仲豫』，名叫荀悅，年紀比曹操還大，今年正好五十歲。此人也是潁川荀氏族人，荀淑之孫，荀儉之子，也是荀彧的堂兄。潁川有荀氏四傑的說法，這四傑的第一位就是荀悅，之後依次是荀衍、荀諶和荀彧，故而又有三若一仲豫之稱。

荀悅為長兄，據說有過目不忘之能。十二歲時便能講解《春秋》，累遷秘書監、侍中，曾侍講於漢帝左右，日夕談論。後漢帝，也就是當今天子漢獻帝劉協，認為《漢書》文繁難懂，便命荀悅以編年體改寫，依照左傳體裁，編撰《漢紀》。其人素有名聲，是個剛直不阿的人。

郭嘉說：「休若言，他自向仲豫懇求。」

「還是算了吧。」曹操想了想，沉聲道：「仲豫為天子做事，編撰《漢紀》，也是一樁重要事情。曹朋拜他為師，好倒是好，卻怕會影響了仲豫。而且仲豫事務繁忙，恐怕也沒有時間教導曹朋。」

「那司空……」

「這件事，由我來安排。」

曹操吐出這話，也就說明，他不再責怪曹朋。果然，就見他拿起書案上的卷宗，想了想，丟進旁邊的火盆裡面。「命鄧稷為海西屯田都尉，兼任海西令，治曲陽、海西、伊蘆三地。」

「那海陵屯田……」

曹操想了想，「海陵屯田，事關重大，轄兩縣之地，不可輕視。奉孝，你可探一探曹朋口風！畢竟他對廣陵的情況熟悉，看看有沒有合適人選……實在不行，就讓鄧稷舉薦，如何？」

郭嘉微微一笑，「我這就下去安排。」

屯田不是小事，農都尉雖說不過四百石俸祿，但責任重大，不僅僅要掌兵事，而且還要精通於內政。最重要的是，在這個人還必須要對海陵地區很熟悉，若貿然委派一人，勢必會造成麻煩。

本來，曹朋的確是最合適的人選，可現在……

郭嘉告辭離去，曹操似乎也輕鬆許多。他踱步走出房間，站在門廊上，抬頭仰望璀璨的星空。

寒冬，很快就要過去了！

郁洲山港口，六艘海船，已準備妥貼。

苦等三日，曹朋最終沒有出現。據說，他說降了張遼之後，隨張遼一同返回下邳，面見曹操。

看著孤零零站在海港上的呂藍，貂蟬不禁輕輕嘆了口氣——終究是有緣無分！

曾幾何時，貂蟬覺得呂藍若能和曹朋在一起，倒也是個不錯的結果。可是……她走到呂藍的身邊，伸出手，摟抱住呂藍那瘦削的肩頭。「玲綺，我們該出發了。」

「小娘，他真的不會來了嗎？」呂藍看上去非常憔悴，回過頭看著貂蟬，有些不甘心的問道。

說起來，呂藍和曹朋並沒有太多的接觸。當初她來海西散心，雖然和曹朋常一起遊玩，可是並沒有什麼感受。可是現在，當她知道曹朋為了她一家，冒性命之憂而解救……呂藍心裡面生出了一種難言的情愫，她也說不清楚那究竟是什麼感覺，有感激，有……

來到郁洲山之後，呂藍很想見曹朋一次，可是一連三天，曹朋始終未能出現。心裡面，有些空落落。今天，她們就要啟程離開郁洲山了，這一去，不知何時才能返回故土。

呂藍說著話，眼中閃過一抹晶瑩。

貂蟬將她摟在懷中，輕聲道：「玲綺，曹公子為我們已做了許多，我們不應該再給他增添麻煩。如果有緣的話，我們一定可以和他再見面。但前提是，我們必須要活下去，活得很好……我相信，曹公子也是這麼希望，他費了這麼大的力氣，可不是希望玲綺如今這般模樣。」

雙頰，微微透紅。呂藍眼圈有些發紅，用力的點了點頭，「小娘，我一定會好好活著。」

「走吧，夫人已經在船上等咱們了……」

呂藍答應一聲，和貂蟬相依持著，慢慢走向海船。

「二夫人呢？」曹性突然在船上問道。

嚴夫人一身戎裝，頭戴三叉束髮金冠，身披百花戰袍。她面色沉冷，頭也不回道：「不用管她……既然她不在，那一定是去了她想要去的地方。」

說話間，祈兒跳上海船。她走到嚴夫人身後，輕聲道：「在夫人的住處，留有一些痕跡，不過我已經抹去……二夫人她，已追隨君侯去了。」

嚴夫人身子一顫，輕輕頷首。曹性在一旁聽得真切，不由得露出駭然之色，曹夫人一直不太情願去馬韓，看起來……只是曹性沒有想到，嚴夫人竟如此狠辣，直接殺了曹夫人。從這種殺伐果決的手段看得出來，嚴夫人似乎比呂布更加合適主公的角色。也許此去馬韓，是一個正確的選擇。

此去馬韓，共有四百三十人。有一百多人不願隨行，已被甘寧、高順秘密處決。

這個時候，容不得有半點心慈手軟。

曹性看了一下舟船，輕輕點頭。六艘海船，其中有三艘用來裝載兵士，另外三艘則承載有糧草和馬匹。這，也是他們所有的家底。

「夫人，都準備好了！」

嚴夫人看貂蟬和呂藍登上海船，點了點頭。她站在船頭，與碼頭上的步騭、甘寧兩人躬身一禮，曹性、高順，包括貂蟬、呂藍和祈兒，也隨著嚴夫人向步騭、甘寧行禮。

「請轉告曹公子，今日之恩義，呂家銘記在心。他日呂家若能復起，全賴曹公子今日之援手。嚴卿，感激不盡！」

步騭和甘寧也拱手道：「夫人，一路順風。」

隨著海船上的號角聲響起，六艘海船緩緩駛出郁洲山海港，向茫茫大海行進。

## 章十四 諸君，珍重！

呂藍突然哭了！她把頭埋在貂蟬懷中，瘦削的雙肩，顫抖不停。

貂蟬、嚴夫人和祈兒的眼睛，也都是通紅。

再見了，徐州！

嚴夫人努力讓自己保持平靜，擺手示意，海船加速。

茫茫大海，一望無垠。隨著地平線越來越遠，海島的輪廓也隨之變得越發模糊……

嗚——嗚——嗚——

遠處，突然間響起一陣號角聲。

曹性激靈靈打了個寒顫，忙跑到船頭，舉目眺望：「夫人，側前方，有兩艘船隻。」

嚴夫人等人聽聞之後，也不由得一陣驚恐，連忙跑過去。兩艘海船出現在她們的視線中，一艘靠前，一艘在後。在那前方的海船甲板上，一個身形單薄的少年負手而立。

海風，吹拂著他的衣袂，獵獵作響。他的臉上，帶著一絲淡淡的笑意，朝著嚴夫人等人遙遙拱手，深深一揖。

「是曹公子！」曹性不由得驚呼一聲。

「沒錯，是阿福……是他！」呂藍的眼中泛起了晶瑩淚光。

她拚命的朝著那兩艘海船揮手，可是那海船在距離大約數百米的地方，卻停了下來。後面一艘海船跟上，兩艘海船並排，一條長約二、三十米的白絹出現在兩艘海船之間，那白絹上寫著一行四個斗大的紅色字符——

諸君，珍重！

呂藍的眼淚唰的一下子落下。她突然從貂蟬的懷中掙脫出來，朝著那兩艘海船拚命擺手。

「阿福，你也要保重啊……」

嚴夫人的雙頰，浮現出一抹淡淡笑意。

「請公子珍重！」

「請公子珍重！」

三艘海船，四百三十餘人同時呼喊。

恍惚間，呂藍看到了對面那海船上，曹朋臉上燦爛的笑容。

「阿福，珍重！」

淚水，濕了衣襟……

【曹賊　卷拾　梟雄烽煙四起　完】

《曹賊》第一部完結，敬請期待更精彩的《曹賊》第二部！

狂狷文庫
三國風雲之
曹賊
第二部2013年1月，
新春啟動，敬請期待！
最熱血沸騰的兄弟情誼！最高潮迭起的故事內容！
最令人動容的家族溫情！最暢快淋漓的戰場廝殺！
架空歷史第一知名作者 庚新
用最細節的刻畫，完整呈現您所不知道的三國風貌，
邀請您一同走入歷史，再活一次！
第一部全十卷，全國各大書店、租書店、網路書店持續熱賣中！
★更多詳細內容請搜尋★
不思議工作室_
立即搜尋
典藏閣
采舍國際
www.silkbook.com
版權所有© Copyright 2012

曹賊/ 庚新作. -- 初版. --新北市：
華文網，2011.09-
冊； 公分. --(狂狷文庫系列)
ISBN 978-986-271-272-6(第10冊：平裝). ----

857.7 100014664

三國風雲之

# 曹賊

第一部完

卷之拾

梟雄烽煙四起

庚新 著
超合金叉雞飯 繪

狂狷文庫010

# 曹賊10- 梟雄烽煙四起（第一部完）


出版者■典藏閣

作　者■庚新　　繪　者■超合金叉雞飯

總編輯■歐綾纖

製作團隊■不思議工作室

郵撥帳號■50017206 采舍國際有限公司（郵撥購買，請另付一成郵資）

台灣出版中心■新北市中和區中山路2段366巷10號10樓

電　話■(02)2248-7896　　傳　真■(02)2248-7758

物流中心■新北市中和區中山路2段366巷10號3樓

電　話■(02)8245-8786　　傳　真■(02)8245-8718

ISBN■978-986-271-272-6

出版日期■2012年11月

全球華文國際市場總代理／采舍國際

地　址■新北市中和區中山路2段366巷10號3樓

電　話■(02)8245-8786　　傳　真■(02)8245-8718

新絲路網路書店

地　址■新北市中和區中山路2段366巷10號10樓

網　址■www.silkbook.com

電　話■(02)8245-9896

傳　真■(02)8245-8819